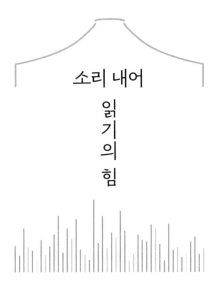

소리 내어

읽
기
의
힘

소리 내어 읽기의 힘

초판 1쇄 인쇄 2024년 3월 5일
초판 1쇄 발행 2024년 3월 15일

지은이 임미진

펴낸이 한선화
편집 이미아
디자인 ALL designgroup
홍보 김혜진 | 마케팅 김수진

펴낸곳 앤의서재
출판등록 제2022-000055호
주소 서울 서대문구 연희로 11가길 39, 4층
전화 070-8670-0900 | 팩스 02-6280-0895
이메일 annesstudyroom@naver.com
인스타그램 @annes.library

ISBN 979-11-90710-76-3 03800

집중력, 기억력, 표현력을 높이는 최고의 훈련

소리 내어 읽기의 힘

임미진 지음

앤의
서재

우리가 책을 소리 내 읽어야 하는 이유

　책을 소리 내어 읽어본 적이 있나요?

　어린 시절 이후, 책을 소리 내어 읽어본 적 없는 성인들이 꽤 많을 겁니다. 그런데 최근 글을 소비하는 방식의 하나로 '소리 내어 읽기'가 주목 받고 있습니다. 그 방법을 배우는 사람들도 꾸준히 늘고 있죠. 대체 '소리 내 읽기'에 어떤 장점과 매력이 있기에 다시 사랑받는 걸까요?

　소리 내 읽기에는 우리가 제대로 알지 못하거나 간과해버린 장점들이 있습니다. 일단 집중력과 기억력이 좋아집니다. 소리 내 읽으면 글을 눈으로만 해독하지 않습니다. 눈으로 읽는 동시에 입으로 말하고 귀로 듣고 다시 말하는 과정이 반복되니 지시기관인 뇌를 비롯해 호흡과 발성에 관여하는 우리 몸의 많은 기관, 조직이 움직여 일을 합니다. 그래서 아이들을 위한 학습법이나 노인들의 기억력 증진을 위한 방법으로 사용되기도 합니다. 더 깊이, 더 오래 저장하는 것이죠.

읽고 듣는 과정에서 소통 기술도 좋아집니다. 편안한 자리에서 이야기하든 중요한 행사에서 프레젠테이션을 하든, 모든 커뮤니케 이션의 핵심은 잘 듣고, 메시지를 효과적으로 배치해 적절한 표현 으로 상대에게 전하는 것이죠. 표정 등 몸의 말과 함께요. 훌륭한 글 은 핵심 메시지와 그것의 배치, 그리고 독자를 사로잡을 최적의 표 현들을 갖추고 있습니다. 이것을 눈으로 흘려보내지 않고 귀로, 입 으로, 또 표정으로 반복하며 익힌다고 생각해 보세요. '듣고 말하기' 의 기본을 '소리 내 읽기'를 통해 모두 배울 수 있는 셈입니다.

　우리가 간과하는 '소리 내 읽기'의 또 다른 효과는 '마음의 중심'을 유지하는 데 도움을 준다는 것입니다. 저는 '좋은 글을 소리 내 읽는 행위'를 통해 삶의 균형을 유지하고 있습니다. 한 글자 한 글자, 나의 목소리를 통해 글의 생각과 감정을 섬세하게 느끼며 받아들이는 것 을 좋아합니다. 그 과정에서 내 안의 나와 만나는 순간이 찾아옵니 다. 글의 정서와 낭독자인 나의 정서가 만나게 되는 지점이 있기 때문이죠.

때로는 외면하고 싶은 '나'를 마주해야 하는 불편한 순간도, 나를 고통스럽게 하는 문제의 본질이 선명해지는 때도 옵니다. 이럴 때 낭독은 '명상'과도 같다는 생각을 합니다. '나다운 평온함'을 갖게 하는 힘이 있죠. 그래서 보다 많은 독자들이 '소리 내 읽기'를 경험하길 바라는 마음으로 이 책을 썼습니다.

이 책은 자신의 목소리를 통해 소리 내 읽는 행위가 지닌 의미를 알아보는 것에서 출발합니다. 그로 인해 누릴 수 있는 혜택과 어떻게 소리 내 읽어야 하는지 다양한 방법들도 소개합니다. 소리 내 읽기가 낯선 사람들을 위한 장르별 읽기 팁과 단계별 추천 도서도 제안했습니다. 누구나 마음만 먹으면 쉽게 소리 내어 읽어볼 수 있게 실질적인 방법들을 제공하니 지금 바로 시작해 보세요.

하지만 낭독은 공식만 외우면 되는, 답이 분명하게 떨어지는 수학 문제가 아닙니다. 기술을 익히며 소리 내 읽기 시작하지만, 당신

의 가장 깊숙한 곳에서 끝을 맺습니다. 글의 생각과 감정을 당신의
목소리에 더 잘 담아 표현할 수 있기를, 그것을 듣는 당신 마음 안으
로 들어가 자신과도 편안하게 만나길 바랍니다.

　집중력과 기억력의 문제로 고민하거나, 타인 앞에 나서기가 쉽
지 않은 당신에게, 외로움이나 우울, 무기력 등으로 흔들리는, 작은
실낱 하나라도 붙잡을 것이 절실한 당신에게도 이 책을 권합니다.
소리 내 읽으며 당신 삶의 기술도 좋아지면 좋겠습니다. 삶에 '환기'
가 필요할 때, 이 책이 방법을 안내하는 좋은 길잡이가 될 수 있기를
바랍니다.

2024년 3월

임미진

목차

1장   소리 내어 읽으면 달라지는 것들

4장　독서 효과를 높이는 소리 내어 읽기 기술

소리 내어 읽으면

달
라
지
는
것
들

'나의 목소리를 통해 글을 읽는 것'은 어떤 의미가 있을까요?

1장에서는 당신이 지금까지 깊게 생각해 본 적 없는 '당신의 목소리'와 '몸을 울려 읽는 것'에 담긴 의미에 대해 알아봅니다. '소리 내 읽는 행위'가 당신의 삶을 어떻게 변화시킬 수 있는지에 대해서도 이야기합니다. '네 목소리에 귀 기울여 봐'라는 말에 담긴 엄청난 뜻을 알게 될 겁니다.

또 하나의 지문, 내 목소리를 찾는 일

사람들은 목소리를 가지고 있습니다. 나만이 낼 수 있는 고유한 소리죠. 하지만 우리는 자신이 가진 목소리의 특별한 가치는 잘 모릅니다. 공기의 특별함과 고마움을 모르듯 너무도 당연하기에 자신의 소리가 지닌 힘을 모르고 삽니다. 저 역시 그랬습니다.

사람에겐 두 번의 전성기가 찾아온다고 하더군요. 첫 번째 전성기가 지나간 뒤, 이후의 시간을 어떻게 보내느냐에 따라 두 번째의 크기와 질이 결정된다고요. 그 말대로라면 저는 성우로서 활발히 활동했던 첫 전성기를 보낸 후 지금 이 자리에 있는 셈입니다.

패기와 열정, 육체적 에너지까지 '성우 임미진'이라는 그릇을 잘 받쳐주었던 때가 있었습니다. 모든 것이 생기를 가지고 있었고, 행복하지 않을 아무 이유가 없을 것 같았던 시절. 어느 날부터 집에 있을 때면 우는 날이 많아졌습니다. 밖에서는 멀쩡하게 일을 하고 사람을 만났지만, 집에 돌아오면 어두운 방 한구석에서 웅크리고 앉아 울고 있는 어린아이가 돼버렸죠. 불안하고, 우울하고, 외롭고, 무기력했습니다. 그런 모습을 들킬까 봐 밖에서는 안간힘을 썼습니다. 쉬어지지 않는 숨을 붙들고 그렇게 내 안에서 나와 싸우며 몇 년을 보냈습니다. 감당할 수 없는 너무 많은 욕구가 충돌했던, 조화를 이루지 못했던 시절이었습니다.

비단 저의 얘기만은 아닐 겁니다. 원인과 모습은 다르지만 누구에게나 열렸던 문이 닫히는 순간이 옵니다. 다시는 그 문이 열리지 않을 것 같은 시간도 있죠. 그래서 우리는 자신만의 숨구멍을 찾기 위해 갖은 노력을 합니다. 일에 더 집착하기도 하고, 종교를 가지기도 하며, 취미에 빠지기도 합니다.

수많은 폭풍의 밤을 거치며 제가 찾은 숨구멍은 바로 '소리 내 읽기'였습니다. 소리 내 읽기를 통해 내 목소리를 듣기 시작했다고 할까요? 시간을, 불안하고 무기력한 마음을 주체할 수 없을 때마다 눈에 들어오는 아무 책이나 소리 내 읽기 시작했습니다.

처음엔 앉아 있는 것 자체가 고역이었고 책 내용도 눈에 들어오지 않았습니다. 가지고 있던 감정을 주체하기 힘들었습니다. 숨을 편히 쉬는 것부터 쉽지 않았으니 숨을 조절해야 하는 낭독이 편치 않은 건 당연했죠. 두근대는 가슴을 가까스로 부여잡거나 축 늘어져 어떤 의욕도 없이 글씨만 겨우 꾸역꾸역 읽어대기도 했으니까요.

그러다 어느 새벽, 명상 대신 책을 소리 내 읽게 됐습니다. 그때부터 달라졌습니다. 숨도 감정도 조금씩 열려 이야기가 들어오기 시작했고 이야기를 실은 내 목소리가 들리기 시작했습니다. 울고 웃으며 스스로를 쓰다듬었고, 책과 내 안의 것이 만나 응어리져 있던 것들이 체에 거르면 물에 섞여 사라질 정도로 작아졌습니다. 그러면서 조금씩 편안해지고 균형을 잡기 시작했습니다.

직업적으로 수없이 많이, 또 다양하게 목소리를 써왔지만 소리가 지닌 힘을 절실히 느끼지 못했습니다. 목소리는 또 하나의 지문입니다. 나만의 것, 그래서 성문(聲紋, Voice Print)이라고 말하기도 하죠. 태어나 살아온 지금까지의 과정이 목소리에 고스란히 담겨 있습니다.

나의 소리는 몸을 울리고 공간을 울리며 세상에 나와 다시 나에게로 돌아갑니다. 그렇게 나에게로 들어간 소리를 들으며 거짓 없는 마음을 느낍니다. 내 목소리에는 태초의 내가 지니고 있던 순수성이 남아 있어 무엇을 원하는지 무엇이 중요한지를 깨닫게 합니다.

어찌 보면 목소리는 당신 안의 우주와 연결돼 있습니다. 당신 안의 우주와 당신 밖의 우주를 만나게 하는, 목소리는 그런 존재입니다. 그래서 목소리는 자체로 나를 정화시키고 옳은 것에 집중할 수 있게 하는 힘이 있습니다.

목소리를 듣기 시작하면 많은 것이 달라집니다. "당신의 목소리에 귀 기울여 보세요."

내 목소리로 좋은 이야기를 듣는 일

저는 책을 소리 내어 읽기를 좋아합니다. 낭독 수업을 하는 밤에도 많이 읽지만 하루를 시작하는 이른 아침에 읽는 것을 특히 좋아합니다. 세상이 밝기 전의 고요한 시간에 나만의 자리에 앉아 마음에 와닿는 책을 천천히 소리 내 읽으면, 아직 완전히 깨어나지 않은 머리는 맑게 정돈되고 마음은 책의 내용이 주는 정서를 섬세하게 흡수합니다. 소리를 내기 위해 움직이는 입, 몸의 여러 근육, 그리고 주변 공기의 진동을 통해 책의 메시지가 살아 움직이는 것처럼 느껴집니다. 흥미진진한 소설도, 지식을 채워주는 인문서도, 정서와 사색의 바다인 시도 좋습니다.

모든 좋은 책이 품고 있는 이야기의 힘을 우리는 잘 알고 있습니다. 내 영혼을 돌보는 데 도움을 주는 좋은 글을 눈으로 보는 동시에 호흡과 발성기관의 도움까지 받아 소리 내 읽으면 뇌의 훨씬 다양하고 많은 부분이 분주하게 움직입니다. 묵독(소리를 내지 않고 속으로 글을 읽는 것)과는 차원이 다른 감동이 있습니다. 그래서 "당신의 소리를 좋은 글을 읽는 데 사용하세요"라고 종종 말씀드립니다.

좋은 내용을 말하며 목소리를 닦아 나가야 합니다. 좋은 말만 하며 살 수 없다면 좋은 글이라도 소리 내 읽어 나와 내 소리를 맑고 깊게 유지하도록 단련해야 합니다. 이미 많은 분이 소리 내 읽는 것의 힘을 잘 알아 실천하고 있습니다. 종교 경전을 낭독하는 분도 많고 자신에게 힘이 되는 글들을 소리 내 읽기도 하죠. 자신의 목소리를 통해 그 내용을 자신 안에 새기며 삶의 균형을 유지하는 겁니다.

며칠 전 산책길에서 욕설로 시작해 욕설로 끝나는 청소년들의 대화를 들은 적이 있습니다. 친구들과 어울리기 위해 일부러 욕설을 섞어 쓴다는 아이들도 있다고 하더군요. 소중한 것이 무엇이고 그것을 어떻게 다루어야 하는지 아직 잘 모르는 시기인 것도 같아 이해하고 돌아서려 하긴 하지만 안타까운 건 어쩔 수 없습니다. 어른도 노력하지 않으면 놓치고 헤매기 쉬우니 아이들이 그러는 건 어쩌면 당연합니다.

당신의 목소리로 무엇을 하겠습니까?

낭독과 묵독의 차이

마음이 안녕하지 않을 때가 있습니다. 일에, 돈에, 건강에 치이고 사람에게 상처받을 때가 누구에게나 있죠. 내 마음이 회복 탄력성을 잃어간다고 느낀다면 손에 잡히는 아무 책이나 펼쳐 소리 내 읽기 시작해 보세요.

처음엔 어색하고 의구심이 들 수도 있습니다. 그 마음도 안은 채로 그냥 천천히 소리 내 읽어봅니다. 5분, 10분, 20분, 시간을 쌓으며 읽다 보면 낭독 전 나를 휩쓸고 있던 불편하고 부정적인 생각들이 조금은 멀어져 있는 것을 느낄 수 있을 겁니다. 낭독 전의 감정들을 찬찬히 다시 살필 수 있는 여유가 생기기도 합니다. 무엇 때문에 그렇게 급하고 불안하며 힘들다고 느꼈는지, '나'에게서 떨어져 나간 '감정'을 조금은 편안하게 바라볼 수 있는 힘이 생깁니다.

소리 내 읽다 보면, 그래서 글에 조금씩 집중하게 되면 잡생각에 빠질 여유가 없습니다. 책의 이야기만이 당신을 지배합니다. 눈으로 봐야 하고, 들어오고 나가는 숨에 소리로 만들어 뿜느라 바쁘니다. 입술과 턱과 혀와 성대와 얼굴과 머리통, 배와 가슴과 등, 그리고 엉덩이까지 호흡과 발성에 필요한 몸의 많은 근육이 '열일'을 해야 합니다. 그 지시들은 뇌에서 내리니 뇌 역시 눈으로만 읽는 묵독을 할 때보다 훨씬 더 바쁩니다. 그리고 귀로도 들어야 합니다. 내 몸을 울리고 나오는 소리를 듣는다는 것은 그 자체로 나를 정화시키는 힘이 있습니다.

그렇게 소리 내어 읽다 보면 책의 이야기에서 빠져나와 느끼는 희열만이 남습니다. 낭독 전과 후, 우리는 정서가 달라져 있음을 느낄 수 있습니다. 한숨 돌릴 수 있게 하는 힘, 마음을 편안하고 맑게 해주는 힘이 소리 내 읽기에 있습니다.

당신에게 필요한 말을 당신의 목소리로 말해 주세요

한창 헤매던 시절, 후배가 한의원을 추천해 가게 됐습니다. 한의사가 맥을 짚으며 몸의 상태에 대해 이런저런 설명을 하던 중 "괜찮아요. 약 몇 재 먹으면 좋아질 겁니다"라고 말하더군요. 그런 상황에서 들을 수 있을법한 평범한 말이었습니다. 그런데 눈물이 쏟아졌습니다. 다행히 대성통곡은 아니었지만 한번 흐르기 시작한 눈물은 멈추지 않았습니다. 당황하고 창피했지만, 어쩔 수 없었죠.

안녕하지 않을 때, 뜻하지 않은 누군가의 말 한마디에 마음 빗장이 '훅' 열리고 무방비 상태가 돼버린 경험, 아마 여러분도 있을 겁니다. 말이, '그 말'을 품은 사람이 나를 알아주었을 때 우리는 감동합니다. 말에 따뜻함이 배어 있을 때 송곳처럼 날카로워진 마음을 내려놓지요. 우리는 이렇게 사람에게서, 사람의 말에서 위안을 받고 다시 살아갈 힘을 얻습니다.

하지만 애석하게도 말에서 힘만 얻지는 못 합니다. 마음이 담긴 사람의 말에서 상처를 받는 것도 사실이니까요. 그래서 소리 내 읽기를 권합니다. '지금의 당신'에게 필요한 좋은 책을 골라보세요. 그리고 책 속의 말들을 당신에게 들려주세요. 상처받는 일 없이 당신은 다시 평안해질 것이고 쉽게 무너지지 않는 정서의 완충지대가 당신 안에 생길 겁니다. 당신의 마음을 움직이는 좋은 글에는 이야기를 듣고 있을 당신을 생각하고 또 생각하며 말하는 작가의 마음이 담겨 있으니까요. 넘치지도 모자라지도 않은 사려 깊은 바람이 당신만을 향해 있으니까요.

조금이라도 안녕하지 못하다고 느낀다면 소리 내 읽을 필요가 있습니다. 작가의 지극한 마음을 정성껏 당신의 목소리로 들려주세요. 상처받는 일 없이, 많은 것들이 천천히 다 괜찮아질 겁니다.

내 감정을 살피는 기술, 낭독

침대 하나가 놓여 있습니다. 주인공은 침대 밖 세상에서 아주 복잡한 상황과 관계에 얽혀 어찌할 바 모릅니다. 그런데 바로 옆에 세팅된 침대로 옮겨 오기만 하면 지긋지긋했던 모든 복잡함이 사라지고 편안하게 잠이 듭니다. 그리고 '흔들리지 않는 편안함'이라는 카피가 흘러나오며 영상은 끝이 납니다.

몇 년 전 화제가 됐던 어느 침대회사의 광고입니다. 침대의 본질을 어쩌면 저렇게 콕 짚어 표현했는지, 볼 때마다 감탄하곤 했는데요. '흔들리지 않는 편안함'은 좋은 침대에서만 경험할 수 있는 건 아닙니다. 좋은 글을 소리 내 읽으면서도 경험할 수 있죠. 몸의 평안을 통해야 비로소 마음의 평안을 얻을 수 있다는 침대에 비해 소리 내 읽기만 하면 평안해지니 참 효율적입니다. 돈을 들여 살 필요도 없으니 경제적이기까지 하고요.

광고에서 묘사했던 것처럼, 나를 둘러싼 세상은 참 다채롭고 변덕스럽습니다. 그래서 우리는 쉽게 흔들리지 않는 마음의 평화를 위해, 진정한 삶의 균형을 위해, 종교나 명상 등에 관심을 가지기도 하죠. 제가 '소리 내어 읽기'에 빠지게 된 계기 역시 시작은 '명상'을 하고 싶은 마음에서였습니다. 내면을 지배하고 있는 불안, 우울, 무기력과 외로움을 바로 보고 싶었습니다.

하지만 잘 되지 않았습니다. 꼬리에 꼬리를 무는 상념들을 응시하기도 하고, 하나의 사물에 의식을 집중하거나 중요하게 생각하는 어느 구절을 마음속에서 반복해 되뇌기도 하며, '사랑과 평화로 가득한 참된 나'로 연결되고 싶었지만 쉽지 않았습니다. 하긴 명상 상태에 머무는 것이 그리 쉽다면 저처럼 균형을 잃어 방황하는 사람들이 있을 리 없겠죠.

어느 이른 새벽, 그날도 어김없이 서재 창가에 놓인 의자에 앉아 잡념과 씨름하던 중 책장에 꽂혀 있는 책 한 권을 꺼내 소리 내어 읽게 됐습니다. '에라, 모르겠다. 책이나 읽어보자' 이런 마음이었습니다. '마음 챙김'에 관한 책이었죠. 한 평 반 남짓 좁은 공간 양쪽에 책장이 있고, 저는 그 사이에 앉아 있습니다.

세상은 고요하고 나에게 허락된 공간에 홀로 앉아 주어진 평안을 받아들이고 싶은 마음이 간절한 상태였어요. 가습기 돌아가는 소리, 가끔 차 지나가는 소리, 이름 모를 소리, 무겁게 가라앉은 공기의 느낌까지…… 마음은 편안했지만 감각은 확장돼 예민해져 있었습니다.

그 상태에서 그냥 천천히 읽어 나갔습니다. 웬일인지 단어 하나,

문장 하나가 앞서거나 모자람 없이 충만하게 읽혔습니다. 무어라 똑 부러지게 설명할 순 없지만 다른 때와는 확연히 달랐습니다. 바로 지금, 내 입이 말하고 있는 순간에 완벽하게 머물러 있었어요. 그리고 조금씩 '인지하는 나'가 없어졌습니다. 공간과 소음들, 그 안에서 낭독하고 있는 내가 보이다 어느 순간 모든 것이 사라졌고, 내 입을 통한 소리만 나를 넘고 방을 넘어 하늘 끝으로 울려 퍼지는 것 같았습니다.

그때부터 새벽 낭독을 합니다. 항상 처음 그날처럼 느껴지는 건 아니지만 하루를 여는 시간에 읽기 좋은, 마음에 와닿는 책을 꾸준히 소리 내 읽습니다. 이것이 저의 '감정 균형'의 비결입니다.

만트라(불교나 힌두교에서 기도 또는 명상 때 외우는 주문 또는 주술)를 쉼 없이 낭독하며 수행하는 명상도 있고, 여러 종교 의례에서도 '소리 내 읽기'를 적극적으로 활용하고 있습니다. 마음이 올바른 방향으로 나아가는 데 도움을 주는 글귀를 소리 내 읽었을 때의 효과는 이미 입증된 셈이지요.

'지금의 나'에게 꼭 필요한 책을 골라 소리 내 읽어보세요. 쉽게 무너지지 않는 '삶의 중심'을 낭독 안에서 발견할 수 있을 겁니다.

말 잘하고 싶은 사람을 위한 기본 훈련

'말을 잘하는 것'에 관심이 많은 세상입니다. 나의 생각과 감정을 상대에게 곡해 없이 잘 전하고 공감을 일으켜 설득하는 것은 중요하니까요. 다양한 사람들과 복잡하게 얽힌 관계 속에서 살아가야 하니 어쩌면 그것은 생존을 위한 필수 조건이기도 합니다.

공감, 설득, 스피치, 토론 등에 관한 책들이 꾸준히 인기를 끄는 걸 보면 상사나 동료와의 소통, 업무와 관련한 만남과 프레젠테이션, 그리고 개인적으로 맺는 다양한 관계에서 말이 얼마나 중요한지 잘 알 수 있습니다. 실제로 낭독을 배우는 분들 가운덴 '어떻게 하면 남 앞에서 주눅 들지 않고 말을 잘할 수 있을지' 궁금해하는 분들이 꽤 있습니다. 어린 자녀를 둔 부모들의 경우는 더 말할 필요도 없지요. 그럴 때 이렇게 말씀드립니다.

"다양한 장르의 좋은 책을 꾸준히 소리 내 읽으면 표현의 달인이 될 수 있어요."

좋은 글을 소리 내 읽으면 논리와 표현과 입말의 발화 방법까지 말 잘하기의 기본을 배울 수 있기 때문입니다. 거기에는 '말 잘하기'에 필요한 여러 조건이 다 녹아 있습니다. 말을 잘한다고 생각하는 사람들을 살펴보세요.

자신의 의견을 효과적으로 상대에게 전해 대화의 목적을 달성하려면, 일단 상대의 말을 잘 듣고, 숨은 뜻을 파악한 후 자신의 것을 논리적으로 풀어내야 합니다. 상대의 정서적 저항 없이, 경우에 따라선 정서의 변화를 이끌면서 말이죠. 그리고 자신의 것을 잘 풀어내기 위해서는 무엇을, 어떻게 배치해 어떤 표현으로 감쌀 것인지, 또 목소리와 몸의 운용을 어떻게 할 것인지가 중요합니다.

독자를 설득할 핵심 메시지와 구성과 표현은 책이 갖추어야 하는 기본 요소입니다. 좋은 글에는 자신의 지식과 생각과 감정을 독자에게 이해시키고 공감시켜 설득하고 싶은 작가의 바람이 숨어 있습니다. 독자를 흔들어 놓는 것. 그래서 자신의 세계로 넘어오도록 하는 것. 작가는 그것을 위해 글을 쓰니까요.

모든 훌륭한 글에는 이해와 공감, 설득에 관한 논리적이고도 정서적인 치밀한 구성이 있습니다. 메시지를 풀어내는 적절하고 아름다운 표현이 있고요. 독자를 설득하기 위해 작가는 핵심 메시지와 그것의 배치와 감쌀 표현, 독자가 느낄 감정까지 집요하게 생각합니다. 작가의 이런 섬세하고 치밀한 계산 덕에 독자는 별다른 저항 없이 그의 이야기를 받아들이며 정서의 변화까지 경험하는 것이죠.

낭독할 때 우리는 나의 입을 통해 재현되는 작가의 말을 듣습니다. 그의 논리와 언어적 표현과 다양한 정서까지 소리 내 읽는 동시에 귀로 들으며 온몸으로 습득하게 됩니다. 들으며 새기고 다시 말하며 연습합니다. 들으며 경청의 태도를 배우고 이어지는 다음 말에 반영하는 습관을 들입니다.

　　그리고 모든 말에는 그 말을 듣는 상대, 즉 이야기가 가닿고 싶은 대상이 있습니다. 작가에게 독자가 있듯, 그게 나이든 어떤 특정한 대상이든 낭독할 때도 이야기를 들려주고 싶은 대상을 생각하며 소리 내 읽어야 합니다. 그래야 당신의 낭독이 방향성을 잃지 않습니다. 한 글자 한 글자, 듣는 이를 생각하며 그를 향해 소리 내 읽을 때 타인 앞에서도 주눅 들지 않고 생각과 감정을 풀어낼 수 있는 토대가 만들어집니다.

　　상대를 설득할 때 꼭 필요한 목소리와 몸의 운용과 관련된 여러 요소도 소리 내 읽으면 좋아집니다. 호흡이 편안해지고 발성과 발음이 좋아지고 정확해지며 말의 자연스러운 리듬이 살아납니다. 또 이야기에 동화되니 메시지에 맞는 표정도 자연스럽게 지어지죠. 입과 몸의 말이 당신이 전하려는 메시지를 효과적으로 표현해주는 것입니다.

　　강사 데뷔를 앞둔 요가원 친구가 낭독으로 자신의 말 습관을 고치고 있다고 하더군요. 채울 내용은 부족한 채로 마음만 앞서 중간중간 얼버무리며 두서없이 말했었는데 이제는 차분히 내용을 담아

끝을 맺기 시작했다고요. 꾸준히 읽었더니 작았던 소리도 덩달아 커지고 다듬어진 느낌이 든다고 합니다.

'소리 내어 읽기'는 뼈대가 튼튼한 '말하기 기초 교본'입니다. 소리 내어 읽으면 누구나 표현의 달인이 될 수 있습니다.

당신의 집중력과 기억력 지킴이

'사춘기 자식이 갱년기 엄마를 못 이긴다'는 우스갯소리가 있습니다. 진폭이 크고 주체하기 힘든 갱년기 감정조절 문제의 심각성을 잘 빗댄 표현인데요. 이 시기에는 감정조절뿐 아니라 몸과 마음에 여러 문제가 생기는데, 집중력과 기억력이 현저하게 떨어지는 것도 그중 하나입니다. 저 역시 요즘 갱년기를 경험하고 있는데, 그래서 더 소리 내어 읽습니다. '낭독의 효과'를 너무나 잘 알고 있으니까요.

어느 날부턴가 묵독으로는 글을 읽는 동안에도 오만가지 생각이 들락날락합니다. 책의 이야기에 집중하지 못하고 자꾸 앞장을 들춰 '어떤 내용이었지?' 하며 확인해야 했습니다. 집중할 수 있는 시간도 짧아졌고요. 몸만 책 앞에 있었을 뿐 마음은 함께 있지 못했던 거죠. 요즘 집중력 문제는 비단 갱년기 증상을 겪는 사람에게 국한된 문제는 아닐 겁니다. 수많은 정보에 노출되어 있고, 복잡한 관계 속에서 살아가는 현대인들에게는 피할 수 없는 문제죠.

안 되겠다 싶어 소리 내 읽기 시작했습니다. 머릿속을 가득 채웠던 온갖 잡다한 생각들을 멈추고 한 글자, 한 단어, 한 문장 소리 내 읽는 그 순간과 내용 안에서만 존재하겠다고 다짐하면서요. 시간이 흐르고 이야기가 내 안에 들어오면 눈앞에 어떤 풍경이 펼쳐지기도 하고 소리가 들리기도 합니다. 냄새가 맡아지고 입에 침이 고이기도 합니다. 부드럽기도 꺼슬꺼슬하기도 합니다. 그렇게 낭독이 끝나면 책 속의 글은 오감이 살아 있는 생생한 이야기로 변해 내 안에 저장됩니다.

실제 '낭독의 효과'를 실험한 여러 조사에서 시각과 함께 청각, 발성과 조음기관 등 여러 기관을 동시에 사용하는 낭독이 글을 눈으로만 해독하는 묵독보다 뇌의 더 다양한 부분을 더 넓게 활성화시킨다는 것이 입증됐습니다(한국청각임상학회, 2018). 텍스트 이해 능력과 읽고 난 후에 내용을 기억하는 정도 역시 낭독을 했을 때가 높게 나온다는 발표도 있습니다(고영성 외, 『우리아이 낭독혁명』).

갱년기뿐 아니라 어떤 내적·외적 자극으로 인한 변화로 집중력과 기억력이 떨어졌다면 책을 소리 내어 읽어보길 추천합니다. 아이들을 위해 학교에서도, 노인들을 위해서도 낭독을 더 적극적으로 폭넓게 활용했으면 좋겠습니다. 낭독은 '지금, 이 순간에 온전히 머물 수 있게 하는 힘'을 가지고 있으니 말입니다.

대면이 불편한 사람을 위한 소통 연습

한 공간에 두 명이 앉아 있습니다. 친구 사이라고 하는군요. 그런데 대화도 없이 참 조용합니다. 시간이 흘러도 말이죠. 급기야 자리에서 일어서네요. 동네 '오지라퍼'가 얼른 뒤따라가 물었습니다.

"두 분 혹시 싸우셨어요?"

"네? 저희 지금 점심 먹으러 가는데요?"

집 안입니다. 아내가 남편에게 고장 난 가전제품 AS를 위해 전화를 걸어 달라고 말하네요. 남편은 알았다고 합니다. 그런데 이상하게 한참을 망설입니다.

"언제까지 그러고 있을 거야? 전화 좀 걸어 달라고요!"

아내가 재차 독촉합니다. 거듭된 요청에 남편은 뭔가 결심한 듯 보입니다. 심호흡을 하네요. 잠시 시간을 들여 무언가 복기하더니 드디어 전화를 겁니다. 잔뜩 긴장한 표정으로 말이죠.

언젠가부터 커뮤니케이션 방식이 변하고 있습니다. 특히 젊은 세대일수록 상대와 얼굴을 마주하며 대화하는 것을 불편해하는 경향이 있다고 합니다. 실제 나이 어린 학생들과 소통을 해보면 금세 느낍니다. 저는 직접 눈을 보며 대화하거나 통화하기를 좋아하는데 아이들은 문자나 이메일, 모바일 메신저를 통해 이야기하고 싶어 합니다.

물건을 배달시킬 때나 문제가 생겨 서비스를 요청할 때, 우리는 직접 그곳에 가 상대와 대화하지 않고도 손가락으로 휴대전화 화면 몇 번만 터치하면 원하는 바를 이룰 수 있는 세상에 살고 있습니다. 시간과 에너지를 절약할 수 있으니 어쩌면 참 효율적입니다. 하지만 비대면 커뮤니케이션의 편리함과 효율성이 눈을 보며 말로 소통하는 것을 불편하게 만드는 부작용도 만들고 있습니다.

이렇게 직접 말을 섞지 않고 이루어지는 소통에 익숙해지다 보니 회사 등 조직에서는 일부 신입사원들의 콜포비아(Call Phobia) 현상 때문에 골머리를 앓는다고 하죠. 업무 통화하는 것을 두려워하는 겁니다. 급히 처리해야 하는 업무에서도 즉각적인 피드백을 주고받을 수 없어 속을 끓인다는 상사의 푸념을 들은 적도 있습니다. 콜포비아를 극복하기 위해 스피치 교육을 받는다는 사회 초년생도 봤습니다.

낭독은 대면이 불편하고 불안한 당신이 부담 없이 배울 수 있는 최고의 말하기 훈련법입니다. 얼굴을 보고 이야기하는 것이 두렵거나 전화통화가 편하지 않다면, 그리고 대면을 통한 교정과정도 편치 않다고 느낀다면 낭독을 권합니다.

스피치 커뮤니케이션은 대화 환경(대화 장소가 될 수도 심리적인 환경일 수도 있다), 메시지, 그것을 말하고 받아들이는 사람, 메시지를 해독한 후의 반응 등으로 이루어집니다. 그리고 반응은 새로운 메시지가 되어 말하는 이의 다음 메시지에 영향을 미치게 되죠. 대화는 이 과정을 반복하며 이루어집니다. 카페에서 당신이 친한 친구에게 고민을 이야기하면, 친구는 듣고 공감을 하며 나름의 조언을 해주고, 이야기를 들은 당신이 다시 이어가듯 말입니다.

이것이 일상에서 주고받는 '말'을 주 매개로 한 소통 과정입니다. 우리는 이것을 '낭독'을 통해서 미리 경험할 수 있습니다. 읽고 싶은 책을 골라 낭독을 합니다. 작가의 메시지를 소리 내 읽는 거죠. 이때, 당신은 말하는 동시에 귀로도 듣습니다. 화자이자 청자가 되는 겁니다. 청자로서 메시지를 듣는 동안 당신의 생각과 감정은 시시각각 반응합니다. 그리고 그 반응은 다시 화자인 당신의 다음 메시지 '발화'에 영향을 미쳐 글씨 뭉치로 잠들어 있는 글의 생각과 감정들을 생동감 넘치는 흥미진진한 이야기로 만듭니다.

당신은 낭독을 하면서 강연장에 앉아 있을 수도 있고, 가족과 마주 앉아 있을 수도 있습니다. 혹은 또 다른 장소에서 다른 사람과 이야기를 시작할 수도 있습니다. 그곳에서 작가가 고심해 만든 훌륭한 메시지들을 눈으로 습득하고 동시에 입으로 재현하며 자신의 것으로 만들어 말하는 연습을 하게 됩니다. 당신의 입을 통해 흘러나오는 이야기를 청자의 대표 격인 당신의 귀로 들으며 생각할 수 있습니다. 그리고 다시 호흡과 속도, 강조와 사이 등을 조절하며 작가가 창조한 캐릭터, 즉 화자로서 말을 합니다.

말이 이루어지는 환경과 메시지, 화자와 청자, 그리고 그에 대한 반응. 이보다 더 완벽하게 대화를 배울 수 있는 장치들이 또 있을까요? 당장은 타인과의 대화가 불편하고 눈을 바라보며 말하는 게 불안한 당신이라도, 부담 없이 배울 수 있습니다. 이성과 감성을 만족시킬 수 있는 어휘력은 덤으로 따라옵니다.

누군가와 통화하는 것이 어렵고, 눈을 마주치며 말하는 것이 불편하다면, 당신도 이제 소리 내어 읽어야 합니다.

콘텐츠 크리에이터에게 꼭 필요한 능력, 내레이션

30여 년 성우로 활동해온 제가 그동안 가장 많이 받았던 질문은 "어떻게 하면 성우가 될 수 있나요?", "어떻게 하면 목소리가 좋아질 수 있나요?" 등이었습니다. 그런데 요즘은 질문들의 방향이 많이 바뀌었습니다.

"유튜버가 되고 싶은데 구독자를 늘리려면 어떻게 말해야 하나요?"

"북 내레이터로 활동하고 싶은데 어떻게 해야 책을 잘 읽을 수 있을까요?"

나를 위해 읽는 낭독뿐 아니라, 최근에는 남을 위해 읽고 표현하는 게 무엇보다 중요한 일이 되었습니다. 유튜브를 비롯해 틱톡, 릴스 등 일반인들도 영상 콘텐츠를 만들어 올리는 일이 흔하고, 학교와 회사에서 프레젠테이션을 해야 하는 일도 많아졌기 때문입니다.

실제로 '오디오북 내레이터'가 문화예술 분야의 유망 직업으로도 선정될 정도고(한국고용정보원 2020), 여러 기관에서 북튜버 양성과

정을 운영하는 것을 보면 관심이 매우 높아지고 있다는 걸 느낄 수 있습니다.

좋은 내레이션의 공통점

그렇다면 내레이션은 무엇이고 좋은 내레이션은 어떤 조건을 갖추어야 할까요? 그리고 실연자인 내레이터는 무엇을 준비해야 할까요?

사전적 의미의 내레이션은 '영화, 방송극, 연극 따위에서 장면에 나타나지 않으면서 장면의 진행에 따라 그 내용이나 줄거리를 장외(場外)에서 해설하는 일, 또는 그런 해설'을 말합니다. 그중에도 북내레이터는 말 그대로 책의 내용을 청자에게 낭독해 전달하는 역할을 하죠. 북 내레이터를 통해 내레이션에 대해 자세히 알아봅니다.

책의 내레이션은 단순하고 기계적인 읽기가 아닙니다. 작가를 대신해 책의 생각과 감정을 목소리에 담아 표현하는 행위입니다. 그래서 '최고의 연기, 연기의 정점'을 '내레이션'이라고 말하기도 합니다. 내레이션은 텍스트를 해석해 전하는 내레이터의 주관적인 행위이면서 동시에 청자가 납득할 수 있는 객관성을 요구하는 행위니까요. 이것은 책 읽기뿐 아니라, 다양한 영역의 프레젠테이션이나 영상 콘텐츠의 말하기에서도 꼭 필요한 요소입니다.

연기에 정답이 없듯 내레이션에도 정답이 있을 수 없습니다. 해석에 차이를 보일 수 있고 발화자 개인의 개성도 다르니까요. 하지만 '좋은 내레이션'에는 공통된 특징이 있습니다. 작가의 의도대로 내용이 잘 들려야 하고, 흥미롭게 들려야 하며, 청자로 하여금 이야기에 관한 정서를 불러일으킬 수 있어야 하고, 기억에 남아야 합니다.

좋은 내레이터는 소리에 집중하지 않고 이야기에 집중합니다.

위의 네 가지 조건을 만족시키는 내레이션을 하기 위해서는 먼저, 자신의 목소리를 객관적으로 판단해야 합니다. 말에도 유행이 있습니다. 시대에 따라 언어 표현도 변화하지만 그것의 선호 발화법도 변화하기 마련이죠.

불과 30~40여 년 전까지만 해도 목소리 자체의 특성을 중요하게 생각했지만 지금은 너무 튀는 소리 — 예를 들면, 과거엔 남성의 경우 일명 목욕탕 소리라고 하는 굵고 울림이 많은 소리를, 여성의 경우 은쟁반에 옥구슬 굴러가듯 높고 가늘고 예쁜 소리를 선호했다 — 는 지양합니다. 소리 자체에 있는 감정이 너무 도드라지는 것을 불편하고 피곤해하는 경향이 있죠. 오래 들어야 하는 오디오북의 경우는 더더욱 그렇습니다. 목소리가 아닌 이야기가 남아야 하니까요.

그러니 자신의 목소리를 객관적으로 판단해 특성에 맞는 읽기를 선택하는 것이 중요합니다. ASMR처럼 귀에 꽂히지 않고 부드럽게 흐르는 내레이션이 좋을지, 혹은 소리의 특성이 더해져 귀에 쏙쏙 박히게 하는 내레이션이 적합할지. 자신이 가진 목소리의 특성에 맞게 계획을 세우면 됩니다. 간혹 더 높거나 낮게, 굵거나 가늘게 등 톤에서 그러한 느낌이 인위적으로 묻어나게 하려는 분들이 있습니다. 일부러 자신의 소리를 멋지게 보이려는 노력은 하지 않는 게 좋습니다. 편안하게 말할 때의 자신의 소리면 됩니다. 목소리가 아닌 이야기가 남아야 한다는 것을 기억하세요!

좋은 내레이터는 발음이 좋아야 합니다.

요즘은 발음 역시 정확도가 너무 도드라지는 것보다는 내용이 편안하게 들리는 수준의 발음을 선호하는 경향이 있습니다. 얼마 전, 저도 발음이 너무 정확하다는 이유로 선택받지 못한 경험이 있죠. 하지만 지식, 정보 위주의 정확한 전달이 중요한 콘텐츠에서는 매우 중요합니다. 특별히 북 내레이터를 꿈꾸는 사람이라면 발음의 정확도를 높이기 위해 많은 노력을 해야 합니다. 정확한 발음과 안정된 톤에서 말의 신뢰도가 높아지니까요.

좋은 내레이터는 창작자의 의도와 목적 등 작가의 생각을 항상 염두에 두어야 합니다.

그러면 내레이터는 자연스럽게 이야기를 주체적으로 끌어가는 '화자'가 생각하고 느끼는 대로 말하게 됩니다. 글의 표면적인 의미와 내면의 의미까지 모두 제대로 파악하고 표현해낼 수 있습니다. 또 호흡과 속도와 강조, 사이와 어조 등 입말의 여러 조건도 이야기의 흐름에 맞게 자연스러운 변화를 갖게 되죠.

말이 시종일관 같은 속도로 강조 없이 밋밋하고, 쉼 없이 혹은 쉼의 크기가 일정하게, 조사나 어미의 '변화 없는 똑같은 발화'로 쭉 이어진다면 어떨까요? 얼마 동안이나 들을 수 있을까요? 청자의 귀를 오랫동안 잡아둘 수 있을까요?

밋밋한 읽기가 아닌 책의 내용에 따라 부드럽게 변화하는 읽기로 청자의 호기심을 붙들어 두려면 작가의 의도를 파악할 줄 알아야 합니다. 화자의 생각과 감정의 흐름을 따르려는 내레이터의 노력이 있어야 합니다.

일부러 과장된 표현을 하라는 말이 결코 아닙니다. 정확히 전달하라는 얘기입니다. 귀로 들어 소비하는 매체의 특성을 이해하는 것이 중요합니다. 요즘은 영상매체도 눈으로 보는 것이 아니라 귀로만 듣는 사람들도 많습니다. 글을 직접 눈으로 보며 소비할 때는 ― 아무리 독자가 자유롭게 생각하고 느낀다 해도 ― 작가의 의도와 목적과 계산이 무엇인지 정확하게 파악하기 쉽습니다. 중간 전달 과정이 없으니 오해의 소지도 줄어들죠. 하지만 북 내레이터나 프레젠테이터와 같이 '전달자'의 경우에는 창작자의 것을 곡해 없이 제대로 전달해야 하는 의무가 있습니다.

작가와 화자가 어떤 생각과 감정에서 이 말을 했을까, 생각해 보세요. 이런 관점에서 내용의 흐름을 따라 이야기하면 말의 속도에도 자연히 변화가 생기고 특별히 중요한 부분은 의미를 부여해 읽게 될 것입니다. 어디에서 얼마나 쉬어야 할지, 어느 부분을 조금 다르게 발화하고, 전체적으로 말의 억양이 어떻게 변화하며 차별성이 생길지 등 발화상의 변주가 글에 맞춰 자유롭게 일어납니다. 의미와 의도를 모르고 읽는 것과 알고 읽는 것에는 차이가 있을 수밖에 없죠.

창작자의 의도와 계산에 맞는 자연스러운 낭독! 이야기의 흐름을 부드럽게 소리에 실어 표현해 보세요. 자꾸 소리 내어 읽다 보면, 목적에 맞게 말하고 읽는 연습이 되어 청자에게 정확하게 그 의도를 전달할 수 있게 됩니다.

지금 외롭다면, 소리 내어 읽어보세요

"외로우면 낭독하세요!"

　요즘 사람 만나는 일이 줄거나 두려운 사람들이 많습니다. 일부러 그런 길을 선택한 사람들이라도 외로움은 참 참기 힘든 일이죠. 고립되어 있다는 기분이 들게 하니까요. 많은 사람들이 '헛헛하다', '외롭다' 말합니다. 가끔은 가슴속에서 '휭~' 하니 찬 바람 부는 게 인생이긴 합니다만.

　어쨌든 이렇게 마음 갈 곳 찾지 못해 방황하는 분들을 만나게 되면 이렇게 말합니다. 이리저리 헤매느라 많지도 않은 에너지 낭비하지 말고, 당신을 방해하지 않는 공간을 찾아 소리 내 읽으라고요. 그 안에서 당신과 연결돼 있는 든든한 지원군을 찾아 함께 하라고요.

　혼자 낭독할 때 처음 당신은 글자만을 소리 내 읽을 수도 있습니다. 글자들의 의미와 내포된 감정과 생각을 느끼려는 엄두도 못 낸 채 말이에요. 하지만 조금씩 소리 내 읽는 행위가 의식되지 않을 정도로 편안해지면, 글자들의 단순한 나열이 아닌 '흐름이 살아 있는 재미난 이야기'로 받아들이게 될 거예요.

'어떤 생각과 감정에서 이 문장이 나왔을까?'

글쓴이의 마음을 헤아리려 하는 여유도 생겨나고, 나도 모르게 감정에 이입돼 그야말로 이야기에 푹 빠져 그나 그녀가 되어 말하기도 합니다. 그땐 내 입을 통해 흘러나오는 작가의 이야기를 들을 이를 생각하며 낭독하게 됩니다. 나에게 혹은 그 이야기가 어울릴 만한 누군가에게 말하기도 하죠. 설혹 스스로 인지하지 못하고 있더라도 말입니다.

물리적으로는 혼자 있더라도, 당신의 정서적 공간 안에는 낭독하는 나와 이야기를 쓴 작가와 등장하는 인물들과 그것을 듣는 청자가 함께 있습니다. 혼자가 아닌 여럿이 만들어가는 하모니, 그것이 낭독입니다.

그러니 어딘지 모르게 공허하다 느껴진다면 당장 책 한 권 집어 당신만의 공간으로 들어가세요. 그곳에서 당신의 입을 통해 재현하고 싶은 작가의 말들을 만나보세요. 그 말들이 가닿고 싶은, 필요한 누군가를 만나보세요. 당신의 친구일 수도, 아이일 수도 있습니다. 혹은 미지의 누군가일 수도 있습니다.

천천히 소리 내 읽을수록 작가, 그리고 청자와 내밀하게 연결되고, 이야기 속에 등장하는 수많은 인물과도 만나게 됩니다. 당신을 통해 그들은 생명을 얻고, 당신을 감싸 안은 굳건한 관계들을 느낄 수 있습니다. 마음을 헛헛하게 만드는 소모적인 만남과는 다릅니다. 묵독을 통해 경험하는 표피적인 이해와도 다릅니다.

어떤 장르의 책이든 상관없습니다. 좋은 책을 소리 내 읽으면 책의 이야기를 발화하는 화자로서 당신은 작가와도 청자와도 그리고 이야기에 등장하는 많은 인물과도 조우합니다. 그곳에서 그들의 이야기를 듣고 이해하고 그들의 마음이 되어 표현합니다. 상처받지 않는 깊은 이해와 연민으로 대상을 위로할 수 있는 에너지가 생기고 나를 돌아볼 수 있는 진정한 힘이 생깁니다. 누군가를 위해 정성껏 들려주는 진심도 가지게 됩니다.

소리 내 읽다 보면 어느새 작가의 아바타가 되어 그의 계산대로 이야기를 표현하고 있는 당신을 발견하게 될 겁니다. 그 과정 안에서 이미 당신은 혼자가 아닙니다. 갈 곳 잃어 방황하는 외로운 영혼은 더더욱 아닐 겁니다. 든든하게 당신을 받쳐 주고 있는 관계들을, 온몸으로 차오르는 충만함을 얻었으니까요. 우리는 이렇게 서로 연결되어 있습니다.

타인과 함께하는 즐거움, 이어 읽기

소리 내어 읽을수록 낭독에 매력이 참 많다는 걸 깨닫게 됩니다. 무엇보다 함께 즐길 수 있다는 점도 그중 하나입니다.

낭독 모임이 시작되는 매주 화요일 아침이 되면 '이분들은 어떤 일주일을 살다 올까?' 살짝 궁금해지고 설레기도 합니다. 그리고 낭독할 부분을 읽어보며 '오늘은 어떤 도움이 되는 이야기를 해드릴 수 있을까?'를 생각합니다.

제가 하는 낭독 모임은 매주 화, 수, 목에 열립니다. 성별, 나이, 하는 일이, 그야말로 정말 다양한 사람들이 온라인에서 만나 책 이야기를 하고 함께 읽습니다. 정한 책을 끝까지 다 낭독한 후에는 각자 마음에 드는 부분을 정해 녹음을 해보기도 하고 지인들을 초대해 우리만의 낭독회를 열기도 합니다.

처음 모임 땐 서로 서먹해 책에 관한 이야기 겨우 조금 하고 낭독으로 마무리했다면, 지금은 낭독할 시간이 부족할 정도로 수다를 떨 정도이며 편안함을 나누는 사이가 됐습니다. 홀로 책의 이야기에 흠뻑 빠지는 것도 더할 나위 없이 좋지만 나와는 다른 타인과 호흡을 맞춰 읽는 재미도 참 큽니다. 서로에 관한 불편한 벽이 조금씩 낮아질수록 함께 읽는 재미도 커지니까요.

여러 명이 모여 낭독을 할 때는 꼭 '이어 읽기'를 합니다. 자기 몫을 달린 후 다음 주자에게 바통을 넘기는 이어달리기처럼요. 낭독자는 자기 분량의 이야기를 성실하게 소리 내 읽습니다. 다음 낭독자는 그 이야기를 최선을 다해 듣고요. 그리고 자기 차례가 되었을 때 앞 낭독자의 호흡을 받아 자연스럽게 자신의 이야기를 펼칩니다.

이렇게 한 사람이 다음 사람에게, 그 사람은 또 다음 사람에게 바통을 넘기는 '이어 읽기'가 끝나면 뭔지 모를 감정이 뻐근하게 차오릅니다. 편안하게 상대의 어깨에 기대고 내 어깨 역시 자연스레 내어준 것 같은 기분이랄까요? 서로에 대한 믿음 속에서 각자, 그리고 그 각각이 모여 하나가 된 우리가 '함께' 책 속의 이야기에 흠뻑 빠졌다 나왔으니까요. 믿고 의지해도 좋을 것 같은 마음과 그 안에서 오롯이 이루어지는 집중이 '낭독 후의 희열'을 만들어냅니다.

서로 모르는 사람들이 만나 허물없이 깊어지기는 쉽지 않습니다. 사람을 돌보는 좋은 글이 있고 소리 내 읽는 행위가 함께 하기에 가능한 일이죠.

당신의 집중력과 기억력이 좋아질 수 있도록 돕고 당신의 마음을 평안하게 만들며 나와 당신이 서로 연결되어 있음을 확인할 수 있는 일! 그래서 낭독은 최고의 인생 취미입니다.

　몸을 위한 운동도 좋지만 마음을 보살피는 운동도 중요합니다. 마음 건강을 위한 최고의 인생 취미, '소리 내어 읽기의 세계'로 초대합니다.

말하듯 읽기

기본 연습

소리 내 읽기에 관심이 있다면 '말하듯, 이야기하듯 읽어라' 하는 얘기를 한번쯤 들어봤을 겁니다. '말하듯 읽기'는 도대체 어떻게 읽는 걸까요? 일상에서 말하듯 자연스럽게, 그야말로 '그냥 이야기하듯' 하기만 하면 되는 걸까요?

2장에서는 말과 이야기의 특징, '말하듯 낭독하는 것'의 의미, '음독과 낭독의 차이' 등에 대해 알아봅니다. 그리고 당신이 입을 떼 소리 내 읽기 전에 하면 좋을 준비 운동에 대해서도 알아보죠. 눈으로 볼 땐 '글'이지만, 입으로 발화할 땐 '말'이어야 한다는 의미를 알게 될 겁니다.

낭독과 음독은 어떻게 다를까

우리는 자신이 가진 메시지를 자연스럽게 발화하며 살고 있습니다. 그런데 내가 상황에 맞게 잘 표현했던 말을 그대로 옮겨 적은 후, 다시 그것을 보며 말하면 어떨까요? 처음처럼 자연스럽게 말할 수 있을까요?

한 사람에게 자신의 이야기를 오래 이어갈 수 있는 상황을 만들어준다고 가정해 봅니다. 좋아하는 것에 관한 것이든, 근황에 관한 것이든, 무엇이든 상관없이 말이에요. 말이 이어지는 동안 녹음을 하고 그것을 재빨리 원고로 만들어서 조금 전 상황으로 돌아가 그때 느꼈던 생각과 감정의 흐름대로 자연스럽게 다시 원고를 보며 이야기해 보라고 하는 것이죠. 이 역시 녹음을 하고, 두 녹음을 비교하며 들어봅니다.

어떨 것 같나요? 좀 전의 상황과 똑같이 재연할 수야 없겠지만, 그때와 비슷하게 자연스러운 말하기를 할까요? 대부분 그렇게 하지 못합니다. 원고가 없을 때는 더할 나위 없이 자연스럽게 말을 이어나갔다 해도, 원고를 보며 재연하면 대부분 띄어 쓰여 있는 대로 띄고 붙여 읽습니다. 자신의 머릿속에서 나왔음에도 말이죠. 또박또박, 흐름에 따른 변화도 없이 아주 밋밋하게 읽어 내려갑니다. 로봇이 읽는 것처럼 말입니다.

왜 그럴까요? 말과 글을 별개라고 생각하기 때문입니다. '글은 말이고 곧 이야기'라는 것을 받아들이지 못하기 때문에 내 말임에도 불구하고 흐름에 맞춰 자연스럽게 말하지 못하고 그저 발음만 정확하게 한 글자 한 글자 크게 소리 내 읽으면 된다고 생각합니다. 내 글도 그러한데 남의 글 읽기는 더더욱 그러하겠죠.

글을 소리 내 읽는 방법에는 두 가지가 있습니다. 단순히 소리 내어 읽는 '음독'과 글을 이야기로 받아들여 흐름대로 생각하고 느끼며 그것을 표현하는 '낭독'입니다. 소리 내어 읽는다는 점에서는 같습니다. 하지만 음독이 '글씨를 읽을 뿐이다'에 방점이 찍혀 있다면 글의 생각과 정서를 받아들이며 이야기의 흐름에 맞게 말을 하는 것, 혹은 그러한 노력이 담긴 것이 낭독이죠.

낭독의 과정을 거쳐야 소리 내어 읽는 즐거움을 제대로 느낄 수 있습니다. 대부분 우리는 말과 글을 별개의 존재로, 글은 그저 또박또박 크게만 읽으면 되는 것으로 배웠기 때문에 음독의 수준에 머무르며 낭독인 양 착각하고 삽니다. 하지만 둘은 엄연히 다릅니다. 아주 큰 차이가 있습니다.

낭독을 하면 띄어 쓰여 있는 대로가 아닌 의미 묶음으로 잇거나 떼어 '말'을 하게 됩니다. 중요한 부분은 강조하게 되고 속도의 느낌이 변하기도 하죠. 가끔은 어미도 조금 다르게 발화됩니다. 그리고 이런 것들이 자연스럽게 억양을 형성해 시종일관 똑같은 읽기인 음독과는 다른 차이를 만들어내는 것입니다.

원고에 쓰여 있는 글들 역시 좀 전에 했던 나의 말입니다. '아무 생각과 감정 없이 읽는다'는 생각보다는 '말한다', '이야기한다'는 마음으로 접근해 보세요. 딱딱하고 밋밋하기만 한 '읽기'가 입말의 여러 조건이 자연스럽게 담긴 '이야기'가 될 테니까요. 잊지 마세요. 쓰여 있을 때는 '글'이겠지만 발화하는 순간 '말'이어야 합니다.

'이야기하듯 읽기'의 의미

아침에 눈을 뜨면서 '아, 잘 잤다. 오늘은 뭐부터 해야 하지?' 하는 속 엣말로 이야기를 시작하며 하루를 엽니다. 간밤 꿈에서조차 이야기의 주인공이었고요. 일상에서 만나는 여러 사람과 다양한 관계를 맺으며 흥미진진하고 극적인, 혹은 더할 나위 없이 지루하기도 한 이야기들을 하며 살고 있습니다. 이야기로 가득 찬 세상에서 우리는 이미 재능 넘치는 스토리텔러인 거죠.

글의 본질은 '말'이고 '이야기'입니다. 그리고 우리는 일상의 훌륭한 이야기꾼입니다. 내 앞에 펼쳐진 상황에서 전하고 싶은 내용을 아주 자연스럽게 이야기했던 것처럼 텍스트로 된 책의 메시지도 자연스럽게 이야기할 수 있습니다.

지금부터 이야기의 특징과 '이야기하듯 읽기'의 의미에 대해 알아봅니다.

이야기의 공통 요소, SMCRE 모델

친구들과 만났습니다. 오랜만의 만남이라 수다가 끝도 없이 이어집니다. 그동안 어떻게 살았는지, 건강한지, 가족들은 잘 지내는지…… 즐겨 보는 방송 프로그램과 요즘 꽂혀 있는 무언가에 대해서도 이야기꽃이 한창입니다. 계속 새로운 이야기가 나오고, 말하고 듣는 친구들 모두 주제에 따라 변하는 억양과 표정들을 보니 이야기에 푹 빠져 있는 게 느껴집니다. 가만히 머릿속으로 위 상황을 그려 보면 세상 모든 이야기에는 공통된 특징이 있다는 것을 알 수 있습니다.

이야기에는 이야기가 이루어지는 환경이 있습니다. 그리고 말하는 이와 듣는 이가 있고 듣는 이의 반응이 있죠. 이 반응이 다시 말하는 이에게 전달되고, 말하는 이가 다음 할 말을 이어나가는 데 영향을 미칩니다. 이것을 라스웰의 'SMCRE 모델'이라고 하죠. 화자(Sender)가 말, 이야기(Message)를 물리적·심리적 환경(Channel)을 통해 청자(Receiver)에게 보내면 청자는 반응(Feedback)을 보임으로써 효과(Effect)가 발생되고, 이 과정을 반복하며 대화가 이루어진다는 것입니다.

앞선 모임에서도 마찬가지였습니다. 오랜만에 반가운 친구들이 카페라는 물리적 공간에서 만났고, A가 이야기를 하면 다른 친구들 B, C, D는 들으며 동조하거나 궁금한 걸 묻기도 하고 자신들의 생각을 말하기도 하면서 반응을 보이죠. 이 과정에서 B가 새로운 화자로

나서기도 하고, A의 다음 할 말에 영향을 미치게도 됩니다. 서로 말을 주고받으면서 대화가 이루어지고 정보 공유나 교감과 공감을 통한 정서 공유 등의 효과가 발생하는 것이죠.

이야기에는 내용이 있고, 이야기가 이루어지는 심리적이며 물리적인 상황이 있다는 것, 그리고 화자와 청자, 청자의 반응이 있고, 그것이 다시 화자에게 영향을 미친다는 것을 기억하세요. 낭독에서도 그대로 적용되니까요.

이야기할수록 자연스럽게 생기는 입말 변화

한 친구가 얼마 전부터 배우고 있는 바둑 이야기를 했어요. 머리 쓰는 게 예전만 못한 것 같아 '뭐가 없을까?' 생각하다 동네에 기원이 있는 게 떠올라 무턱대고 가서 배우기 시작했다는 겁니다. 성인 반이 따로 없어 어린 꼬마들과 함께 배우고 있는데 다섯 살 꼬마로부터 "어른인데 왜 이렇게 못해요?"란 말을 들었다는 이야기, 정신없긴 하지만 어린 친구들과 함께 배우는 일이 나름 신선하고 재미있다는 이야기를 했습니다.

친구의 말을 잘 살펴보면 이야기의 두 번째 특징을 알 수 있는데요. 바로 '흐르는 물처럼 자연스럽게 변화하며 발화된다'입니다. 흐르는 물은 주어진 환경에 맞게 변화하며 나아가 목적지에 이릅니다. 평평해 보이는 곳에서는 고여 있는 듯 보이기도 하고, 좁고 경사진 곳에서는 그 모양에 맞게 나아가며, 바위가 있으면 돌아서, 또 바닥이 움푹 들어가 파인 곳에서는 세차게 소용돌이치기도 하며 목적지인 바다로 갑니다.

이야기도 마찬가지입니다. 뜸을 들이듯 여유 있게 시작했다가 자신의 이야기에 빠졌는지 눈을 동그랗게 뜨며 말을 이어가기도, 깔깔깔 웃으며 신이 나 이야기하기도 하며 친구들의 공감을 이끌어냅니다. 이 모든 게 흐르는 시간과 시시각각 달라지는 친구들의 반응 속에서 자연스럽게 변화하며 일어납니다. 일정하게 고정돼 있지 않고 말이죠.

나의 생각과 감정의 결과물인 메시지(말, 이야기의 내용)뿐만 아니라, 발화 방식 역시 시간, 상황, 관계의 흐름과 변화에 반응하며 조금씩 변하는 거죠. 소리와 속도가 조금 커지며 빨라지기도 하고, 때론 말을 멈추고 한참을 쉬기도, 중요하다고 느껴지는 부분을 강조해 말하기도 합니다. 조사나 어미를 올리고 내리는 등 달리 발화하기도 합니다. 이 과정에서 자연스러운 말의 리듬이 생기는 거고요. 스스로 생산한 메시지를 직접 말하기 때문에 흘러가는 여러 조건과 상황에 맞춰 최적의 변화를 하며 표현하게 되는 것이죠.

낭독에서도 변화는 자연스럽게 이루어집니다. 단, 낭독자가 메시지의 생산자가 아니라는 점이 다를 뿐이죠. 메시지 생산자인 작가나, 작가가 심어 놓은 이야기 주체인 '화자'의 입장에서 말하려는 노력만 더해지면 됩니다. 그러면 발화상의 변화는 자연스럽게 따라옵니다. 흐르는 물처럼 말이죠.

화자의 입장에서 소리 내어 읽어보세요

무엇에 집중하고 있는지 내가 옆에 와도 그녀는 알아차리지 못한다.
"미진아(.)"
"미진아(~)"
"미진아(!)"

'나'를 알 수 있는 정보가 부족하지만, 그냥 각각의 상황에서 생각나는 대로 읽어보세요. 세 번의 "미진아"는 표현은 같지만 분명 조금씩 다른 생각과 감정을 지니고 있을 겁니다. 따라서 미세하게라도 조금씩 다르게 발화될 거예요.
화자가 되어 옆에서 불러도 반응 없는 미진이를 불러볼까요?

이야기의 구성

사람들과 소통을 하다 보면 간혹 더 호감 가는 사람의 말이 있습니다. 왠지 신뢰감이 생긴다고 할까요? 초면임에도 불구하고 말이죠. 누군가의 말에 긍정적인 인상이나 호감을 느낀다면 그 이유는 무엇일까요?

'메라비언의 법칙(Rule of Mehrabian)'에 의하면 상대방에 대한 인상이나 호감을 결정할 때 언어(Verbal Liking, 7%), 목소리(Vocal Liking, 38%), 그리고 표정(Facial Liking, 55%)의 호감도가 영향을 미친다고 합니다. 특히 언어(메시지, 말의 내용) 자체보다는 비언어(목소리, 표정)의 호감도가 높은 경우 우리는 상대방에 대해 긍정적 인상이나 호감을 갖게 된다는 건데요. 물론 메라비언의 이 실험은 한정된 조건에서 이루어졌고 커뮤니케이션 전반으로 일반화시키기엔 한계가 있습니다. 그러나 여기서 주목해야 할 점은 말을 주 매개로 하는 커뮤니케이션은 메시지, 목소리 등의 입말, 그리고 표정 및 제스처 등의 몸말이 어우러져 이루어진다는 것입니다.

결국 말을 매개로 한 소통은 메시지를 입과 몸을 통해 동시다발적으로 표현해 이루어지는 것입니다. 갑자기 극심한 통증이 찾아와 배를 움켜 안으며 "아, 배 아파"라는 말을 한다고 가정해 보세요. 고통 때문에 몸을 반듯하게 유지하지 못할 것이고, 표정을 찡그리며 아주 작은 소리로 힘겹게 "아, 배 아파" 하고 말했을 겁니다. 몸을 반듯하게 펴고 활짝 웃으며 복식 호흡을 이용해 우렁차게 그리고 발음도 아주 또렷하게 "아, 배 아파" 할 수는 없을 거라는 얘기죠.

우리는 주어진 상황에 맞춰 다양하게 메시지를 표현하며 살고 있습니다. 설혹 조금 내성적이거나 표현력이 부족해서 변화 없이 일정하고 밋밋하게 발화하며, 표정과 제스처를 사용하지 않는 듯 보여도 그의 내면에서는 분명 변화가 일어납니다. 타인이 알아차릴 수 있을 만큼 표현이 안 됐을 뿐이죠.

메시지, 입말, 몸말. 말을 하는 행위는 이 세 가지가 동시에 유기적으로 작용해 이루어집니다. 이 세 가지 중 어느 하나만 있다고 해서 말이 이루어지지는 않습니다. 그리고 어느 하나 덜 중요한 것도 없습니다.

낭독 역시 큰 범주로 본다면 말을 하는 행위죠. 메시지인 작가의 글을 입과 몸으로 잘 표현하는 것입니다. 보통은 낭독할 때 텍스트를 보면서, 그리고 앉아서 하기 때문에 몸의 표현에 제약을 받습니다. 대신 얼굴 근육 등은 비교적 자유로워서 메시지에 맞게 발화를 하며 동시에 표정으로도 표현하게 됩니다.

말하듯 자연스럽게 읽는 법

아무리 이야기하듯 읽는다고 해도 낭독이 일상의 말하기와 똑같을 수는 없습니다. 평소 말할 때 반복하는 귀에 거슬리는 습관이나 너무 큰 억양의 진폭 등을 있는 그대로 옮겨 오라는 얘기가 아닙니다. 일상에서 말하는 것처럼 '자연스러움'과 '유연하게 변화하는 흐름'을 기억하라는 얘깁니다. 그래야 똑같은 패턴으로 또박또박 읽어대는 감정 없는 로봇이 되지 않으니까요.

바람이 머무는 바다, 부안에 가면
바람과 바다와 사람이 그대로 하나의 풍경이 된다.

바닷바람에 실려오는 한 자락 바람이
나뭇잎 끝에 매달린 여문 햇살이
마음을 가을빛으로 곱게 물들이는 그곳.

그리움이 머무는 가을의 길목에 서면
자연과 마주한 또 다른 내가 있다.

— 권하정, 영상 다큐 〈아름다운 여행〉

로봇이라면 이 문장을 백 번 읽어도 일정하게 정해진 지점에서 같은 크기로 쉬고 항상 모두 똑같은 세기로 말할 겁니다. 조사나 어미도 입력된 패턴대로 올리거나 늘이거나 내리며 항상 같겠죠. 아무 감정 없이 무미건조하게 읽을 겁니다.

하지만 사람이 낭독한다면 달라져야 합니다. 메시지와 관련된 생각과 감정이 계속 일어나니 메시지가 변하면 발화의 방식도 유연하게 함께 변해야 합니다. 또 오늘 낭독한 것과 내일 낭독한 결과물이 똑같을 수도 없고요.

그 과정에서 호흡이나 사이, 속도, 강조의 사용 지점, 어미 등의 입말에서 미세하게라도 변화를 가져오게 되는 거죠. 이것이 자연스러운 억양과 어조를 만들어 오래 들어도 지겹지 않고 더 듣고 싶어지게 만듭니다.

말하듯 SNS 메시지 읽기 연습

어떻게 하면 감정 없는 로봇처럼 읽지 않을 수 있을까요? 왕도는 있을 수 없지만 연습할 수 있는 도구들은 우리 주위에 많이 있습니다. 남의 글보다는 내 글, 그리고 비교적 일상에서 자연스럽게 말하는 표현들로 연습을 하는 게 쉬우니 SNS 메시지를 활용해 보세요.

채팅방을 열어볼까요? 친한 친구와의 대화방 또는 단체방도 좋습니다. 여러분이 많은 글을 남긴, 즉 많은 이야기를 한 방이면 더 좋습니다. 친한 친구와의 대화방을 예로 들어볼게요. 누구와 언제 어떤 상황에서 어떤 글을 나눴는지 먼저 눈으로 훑고 그때의 생각과 감정을 가지고 적혀 있는 대로 연기합니다.

처음에는 어색할 수 있지만 대화하는 상대가 명확하고 글, 즉 말의 주고받음이 빈번하기 때문에 혼자 오랜 시간을 이야기하는 것보다는 그때로 돌아가 재연하는 게 어렵지 않을 거예요. 게다가 쉽고 직관적인 일상의 표현들일 테니까요. 친구가 곁에 없으니 1인 2역을 해야겠죠? 성향과 말투, 그리고 당시 친구가 느꼈을 법한 감정도 헤아리며 빙의해 읽어봅니다.

이런 식으로 대화방 글들을 두세 번 반복해 말을 해보고, 조금 자연스러워졌다고 느끼면 녹음을 해서도 들어봅니다. 어느 부분을 강조하고 어미 처리는 어떻게 하며 호흡이나 속도가 달라지는 부분이 있는지, 어디에서 어느 정도로 쉬는지 유심히 들어보세요. 그리고 그것이 만들어내는 미세하고 자연스러운 변화의 흐름을 느껴봅니다.

충분히 말하고 듣고 느꼈다면, 이번에는 전과 같이 입말의 여러 조건이 자연스럽게 녹아들게 말을 하되, 평서문 문장의 종결어미를 '다'로 바꿔 말해 보세요.

"너랑 만나 얘기했더니 기분이 좋아졌어."
"너랑 만나 얘기했더니 기분이 좋아졌다."

자연스럽게 잘 맞아떨어질 때도 있지만, 어색하기만 한 문장들도 많을 겁니다. 자연스럽게 말의 리듬을 탈 수 있을 때까지 몇 번 반복해 보세요. 첫 번째 재연이 일상의 말하기에 가깝다면 책의 일반적인 문체와 닮은 두 번째는 낭독에 가깝겠죠. 일상의 자연스러운 말하기와 낭독이 그리 다르지 않음을, 둘 다 흐름이 있는 변화가 있는 '말'이라는 것을 느낄 수 있을 거예요.

말하기 고수를 따라해 보세요

말하듯, 이야기하듯 자연스럽게 읽기를 배울 수 있는 방법은 이외에도 많습니다. 이번에는 말하기 전문가를 통해 공부해 볼까요? 내가 평소 말하는 방식이 자연스럽지 않다면 더더욱 전문가의 코칭을 받을 필요가 있으니까요.

텔레비전이나 라디오를 켜보세요. 그리고 MC와 내레이터가 쓰는 화법을 따라 해보세요. 방송에는 뉴스나 교양, 예능 등 '말'에 관해 전문 교육을 받은 아나운서가 진행하는 프로그램이 많습니다. 또 성우와 같이 '음성 표현 전문가'가 더빙을 하는 내레이션 프로그램도 있습니다. 그들이 말을 할 때 한 문장씩 따라 해보는 겁니다. 그들이 쉬고, 잇고, 강조하고, 늘이고, 올리는 모든 것을 그대로, 발음도 똑같이, '싱크로율 100퍼센트'가 될 때까지 말이에요. 이 역시 녹음해서 들어보면 좋겠죠?

처음에는 '차이'를 구별할 수 없을 겁니다. 듣는 귀가 섬세하지 않을 테니까요. 하지만 반복해 듣다 보면 그들이 어떻게 호흡을 달리하며 소리를 뱉는지, 말의 속도와 강조와 사이는 어떻게 활용하고, 어미의 처리는 어떻게 하며, 발음은 나와 어떻게 다른지 등 '차이'를 분별해 들을 수 있는 청력이 생깁니다. 똑같은 메시지를 발화하는데 왜 그의 말과 낭독이 더 잘, 그리고 설득력 있게 들리는지 '차이'의 원인을 알 수 있는 분석력이 생기고, 발전하면 나의 말과 낭독에 적용할 수 있게 되는 거죠.

화자의 아바타, 낭독자

글을 소리 내지 않고 눈을 통해 읽을 때는 작가의 글을 제대로 전달해야 할 책임이 없습니다. 물론 묵독할 때 역시 작가의 이야기를 곡해 없이 받아들여야 하지만 설사 잘못 이해하더라도 그 자체에 대한 책임은 없습니다. 작가의 메시지를 어떻게 해독하고 흡수하고 받아들이냐는 순전히 묵독하고 있는 나 자신의 몫이며 자유인 거죠.

'사과'를 '사고'라 잘못 읽은들, 그래서 이야기를 작가의 의도와 달리 해석하며 경험한들 ― 안타까운 일이긴 하지만 ― 나의 자유 의지에 속한 영역이기 때문에 누가 무어라 할 수 없는 일입니다.

하지만 낭독의 경우는 다릅니다. 누군가의 글을 즉, 이야기를 소리 내어 읽는 것은 ― 모든 말이 가닿는 상대가 있듯 ― 듣는 이가 존재한다는 의미이기 때문입니다. 작가의 의도대로 제대로 이야기를 전달해야 하는 책임이 따릅니다. 듣는 이는 오로지 당신의 낭독을 통해서만 이야기를 경험할 수 있기 때문입니다. 설혹 낭독을 듣는 이가 '나 자신'뿐이더라도 낭독자는 청자가 이야기를 '작가의 의도'대로 경험할 수 있도록 최선을 다해야 하는 것이죠.

그러면 '작가의 의도대로'란 어떤 의미일까요? 일차적으로는 내용이 곡해 없이 잘 전달될 수 있음을 의미합니다. 정확하지 않은 발음이나 잘못된 강조, 사이 등 내용을 흐트러트리는 오독을 하지 말아야 합니다. 아버지가 '방에 들어가시지' 않고 '아버지 가방에' 들어가는 일은 없어야겠죠. '설마'라고 생각하겠지만 '낭독자 의지'대로 읽다 보면 이런 오독은 허다하게 일어납니다.

두 번째는 이야기가 품고 있는 섬세하고 구체적인 함의를 제대로 전달해야 합니다.

"아주 예뻐 죽겠어."

어찌하지 못할 정도로 아주 예쁘다는 건지, 아니면 미워 죽을 지경이라는 의미를 반어적으로 표현한 건지 구분해야겠죠. 후자인데 전자의 의미로 표현하는 실수 역시 흔하게 일어나는 일입니다.

앞의 두 가지가 곡해 없는 의미 전달에 관한 것이라면 세 번째는 조금 더 나아가 작가의 '의도'를 제대로 전할 수 있어야 합니다. '화자의 입장'에서 이야기해야 하는 것이죠. 작가가 심어 놓은 이야기 전달자인 '화자가 어떻게 생각하고 느끼고 있는지'를 낭독하는 내내 견지해야 합니다. 낭독자인 '나'의 입장과 시각보다는 이야기의 주체인 '화자'의 편에서 말이죠.

물론 내가 나의 이야기를 하는 것이 아니므로 — 내 이야기라 하더라도 100퍼센트 재연은 불가능합니다 ─ 낭독자의 생각과 감정이 개입될 수밖에 없습니다. 그래서 작가와 낭독자의 것이 충돌하거나 일치할 때 낭독이 힘들어지기도 하고 반대로 희열에 빠지기도 합니다만, 또 그것이 낭독의 매력이기도 합니다만, 중요한 것은 나의 시각이 아닌 화자의 시각에서 이야기를 받아들이려는 노력이 계속되어야 한다는 점입니다. 나의 이야기가 아니니까요. 청자 역시 낭독자인 나를 느끼고 싶은 마음보다는 작가, 혹은 화자의 이야기를 느끼고 싶은 마음이 더 클 테니 말입니다. 그럼 '이야기가 어떤 느낌으로 청자에게 가닿아야 할 것인지' 전체적인 톤 문제도 자연스레 해결됩니다.

낭독자에게 가장 필요한 능력

결국 낭독자에게 가장 필요한 것은 '이입' 능력입니다. 타인이 만든 메시지의 화자가 되어야 하니까요. 내 이야기가 아닌 작가가 생산한 이야기를 작가가 심어 놓은 화자의 생각과 정서로 말해야 하니 말입니다.

어찌 보면 연기하는 것과 같습니다. 배우들은 자신이 생산한 메시지가 아니어도 작가의 의도에 맞게, 그나 그녀가 돼 자신의 이야기인 양 자연스럽게 연기합니다.

낭독 역시 연기하는 것임을 잊지 마세요. 내가 화자인 것처럼 그의 말을 내 말인 양 연기하는 것입니다. 그러면 변화와 흐름은 자연스럽게 따라옵니다. 물론 쉽지 않죠. 하지만 그래서 한 번 빠지면 쉽게 헤어나오지 못할 정도로 매력적인 것이 바로 낭독입니다.

화자의 아바타가 되어 보시겠어요?

낭독을 시작하기 전에 준비해야 할 것들

현재에 머무르기

소리 내어 읽는 일은 내가 나를 만나는 일입니다. 목소리는 또 하나의 당신이기 때문입니다. 소리 내어 읽기가 처음이라면, 일단 20분 정도로 시작해 보세요. 하루를 시작하는 아침에 하는 것을 추천합니다. 평소보다 조금 일찍 일어나, 내 모든 움직임을 하나하나 인지하며 아침 루틴을 이어 나가는 겁니다. 조용히, 천천히, 부드럽게 움직이며 명상을 하는 수행자처럼 나의 마음이 모든 행동에 함께할 수 있게 해보세요. 내가 바로 지금 여기, 이곳에서만 존재할 수 있는 것처럼.

소리 내어 읽는 낭독은 현재에 있어야 할 수 있습니다. 이야기를 앞서거나 뒤서며 다른 생각과 감정에 빠지지 않고 내 입을 통해 작가의 이야기가 발현되는 바로 그때 그 순간, 그 지점에 머무르며 이야기와 함께 생각하고 느껴야 합니다.

하지만 '현재에 있기'는 그리 쉬운 일이 아닙니다. 많은 사람들이 낭독하는 그 지점에 집중하는 것을 어려워합니다. 눈과 입은 '여기'에 있는데 마음은 '거기'에 가 있죠. 복잡한 세상을 사는 우리는 신경 쓸 일이 너무 많습니다. 하나를 행할 때 그 하나에만 모든 것을 쏟아 온전히 느끼기가 어렵습니다. 설혹 그럴 수 있다 해도 무언가에 쫓기듯 다급한 마음에 '현재에 있기'가 효율적이지 않다는 생각이 들 수도 있습니다.

내 안에 가득한 수많은 생각과 감정들을 잠시 내려놓으세요. 책의 정서를 오롯이 흡수해야 소리 내 읽는 맛과 즐거움을 제대로 누릴 수 있습니다. 그러니 몸이 행동하는 순간에 마음도 함께 하는 연습을 해야 합니다. '나의 아침'에 관한 이야기가 펼쳐지면 나는 그 이야기의 주인공이자 화자가 되어 몸이 가는 곳에 마음도 머물게 됩니다.

낭독을 위해서도, 마음 건강을 위해서도 '현재에 머무르기'는 중요합니다. 머리끝까지 차오르는 것 같은 가쁜 호흡을 내려 앉히고, 조용하면서 유연하게 이야기의 주인공이 되어 보기 바랍니다.

나만의 공간 찾기

몸이 머무는 곳에 마음도 함께 하는 연습을 했다면, 이제 소리 내 읽을 준비를 해볼까요? 집 안, 혹은 집 밖 어디든 당신을 무장해제 시키는 편안한 곳을 찾아갑니다. 그리고 잠시 가만히 앉아 있습니다.

저의 서재 한 귀퉁이에는 한 평이 조금 넘는 자투리 공간이 있습니다. 창이 나 있고 양옆 벽에는 작은 책장들이 세워져 있어요. 그리고 책장들 사이엔 의자 하나가 놓여 있습니다. 저는 그 의자에 앉아 동쪽을 향해 난 창을 바라보는 것을 좋아합니다. 책장과 창이 감싸 안은 그 작은 공간에 앉아 있으면 편안함을 느낍니다. 엄마 뱃속에 있는 것 같은 안전함을 느끼죠.

관계나 일이 버겁고 힘에 부칠 때는 더더욱 그곳이 간절해집니다. 그럴 땐 최대한 빨리 나만의 자리로 가 앉습니다. 눈을 감고 그냥 가만히 있어요. 불규칙한 호흡을 느끼고 들리는 소리를 듣습니다. 지나가는 생각들과 그렇지 못하고 마음에 박힐 것만 같은 감정들도 보입니다. 그렇게 10~20분 가만히 앉아 있다 보면 내가 '나'와 살짝 분리된 듯한 기분이 듭니다. 소리, 빛, 공기, 생각과 감정을 느끼고 있는 내가 보이는 것 같습니다.

천천히 눈을 뜹니다. 그곳에 들어오기 전과는 조금 달라진 내가 느껴지죠. 호흡이 차분해지고 숨이 정갈하게 나가고 들어옵니다. 마음을 소란스럽게 하는 것도 많이 줄어 있습니다. 그때, 손을 뻗어 읽다 접어둔 책의 한쪽을 펼치고 소리를 내 읽기 시작합니다.

목소리는 몸을 울리고 나와 공기와 함께 내가 앉아 있는 공간을 채웁니다. 책 속 이야기도 흥미롭지만 나를 빠져나온 소리가 공기 속에서 공간을 감싸듯 울리는 것이 신성하게 느껴지기도 합니다.

당신의 자리를 찾고, 그곳에 가 앉으세요. 안락함과 평안함을 느끼는 당신만의 자리. 조용한 차 안이나 주방 한쪽에 있는 식탁도 좋습니다. 방해받지 않고 편안하게 숨 쉴 수 있는 나만의 공간이면 됩니다. 목이 잠겨 있을 수도 있겠죠. 괜찮습니다. 읽다 보면 소리는 고르고 부드러워질 테니까요.

내쉬는 숨을 타고 뿜어져 나오는 소리를 들어보세요. 처음엔 어색하고 불편하게 느껴질 수 있습니다. 하지만 그건 처음 인지하기 시작할 때 느끼는 낯섦일 뿐, 누구도 낼 수 없는 나만의 소리임을 기억하세요.

당신의 소리는 어떤 느낌인가요?

편안해지기, 소리를 뱉고 들으며 느끼기, 낭독의 시작이며 어쩌면 전부입니다.

3초간 쉬는 연습

책을 소리 내 읽을 때 잠깐도 쉬지 못하는 사람들이 있습니다. 이야기는 화자를 대리하는 당신이 분명 잠시 머물러 더 생각하며 느낀 후 준비가 되었을 때 시작하기를 원하는데 앞만 보고 달리는 당신은 그럴 여유가 없습니다. 내 안에 이야기가 충만하게 자리 잡지 못해서일 수도 있고 급한 마음 탓일 수도 있습니다.

청자를 생각하며 글을 쓰는 작가는 이야기가 다른 국면을 맞을 때 한 칸을 들여 쓰며 변화하는 상황과 생각, 감정 등을 청자가 빠르고 쉽게 받아들일 수 있도록 배려합니다. 읽다 보면 알게 될 텐데도 굳이 한 칸을 들여 써가며 '무언가 바뀐다'는 걸 독자에게 알려주는 거죠.

그런데 정작 낭독자인 당신은 그런 작가의 배려를 받아들이지 못합니다. 단락이 바뀌는 지점에서도 문장 안에서도 필요한 만큼 머물며 느끼고, 정리하고, 준비하지 못합니다. 오독을 하며 자꾸 자신의 의지대로 읽어대고 잘못 읽고 있는지조차 모르고 지나갑니다. 바쁜 세상 탓을 해야 할까요? 급한 성격을 탓해야 할까요?

지금 내가 읽고 있는 곳에 생각과 감정도 함께 머물러야 합니다. 텍스트가 원하는 만큼 충분히 머물며 생각하고 느끼고 준비가 되었을 때 다음으로 넘어가도 늦지 않습니다. 처음부터 쉽게 되지는 않죠. 그래서 연습이 필요합니다. 이야기가 충분히 와 닿지 않아서이든 무엇 때문이든 머물지 못한다면 의도적으로라도 쉬어줍니다. 마음속으로 '하나, 둘, 셋'이라도 세면서요.

처음에는 세는 동안 속이 탈 겁니다. 너무 길게 느껴져 셋까지 세다 숨이 막힐 것 같거든요. 텍스트에 따라 실제 2~3초는 불필요하게 긴 시간일 수도 있습니다. 하지만 연습을 통해 머물러 느끼는 법을 배워야 합니다. 좀 더 익숙해져 편안해지면 내용이 나에게 다가올 거고, 그땐 굳이 2~3초의 물리적인 쉼 없이도 약간의 호흡만으로도 정리하고 다시 이어갈 수 있습니다.

멈출 때 멈추고 쉴 때는 쉬어야 합니다. 당신만을 의지하고 있는 청자를 위한 배려이자 소리 내 읽는 행위가 주는 선물인 '마음의 평안'을 경험하는 지름길이니까요.

낭독에 들어가기 전에 가장 많이 하는 말은 "준비됐나요?"입니다. '낭독할 준비가 됐다'는 건 어떤 의미일까요? 숨을 고르고 마음을 골랐다는, 혹은 그러겠다는 '다짐'입니다. 나를 휘감았던 잡다한 생각과 감정을 끊어내고 책의 이야기와 정서를 받아들이겠다는 결심이기도 하고요. 물론 그런 다짐 없이 허둥지둥 급하게 소리 내 읽기 시작해도 시간이 흐르면서 이야기의 재미가 커지면 낭독 전 품고 있던 복잡한 감정들은 사라지고 이야기에 푹 빠져 한 몸이 돼 있는 나를 발견할 수 있습니다.

하지만 그 단계에 이르는 일이 쉽지는 않죠. 아마 내용조차 이해하지 못하고 글자만 소리 내 읽어댈 겁니다. 낭독에서도 본 게임에 들어가기 전 준비 운동은 필수입니다. 이야기의 희로애락을 펼쳐진 그대로 느끼며 당신의 입을 통해 표현하고 싶다면 먼저, 숨을 고르세요. 가슴 언저리에서 얇고 불안하게 할딱거리는 숨이 조금 진정될 때까지 기다립니다. 무언가 막힌 것처럼 숨이 불편하게 느껴진다면 한숨을 쉬어 내보내세요. 이 정도면 됐다는 생각이 들 때, 그때 소리 내 읽기 시작하면 됩니다.

꾸준하게 흔들림 없이 이야기에 집중하는 것은 말처럼 쉽지 않습니다. 불필요한 것들이 몰입을 방해하면 마음속으로 '스톱(Stop)' 하고 외치세요. 그리고 얼른 이야기로 돌아와 집중하면 됩니다. 실수에 연연하지 않고 재빨리 '지금 이 순간'에 집중하는 운동선수들처럼 말입니다.

자, 준비됐나요?

내 목소리에 익숙해지기

본격적으로 소리 내 읽기 전에 책을 읽는 나의 목소리를 녹음해 보세요. 한두 페이지가량의 분량이면 좋습니다. 당신의 목소리는 어떤 느낌인가요?

부드럽고 매끈한가요?

거칠고 투박하게 느껴지나요?

너무 작아 힘이 없어 보이나요?

소리에 적당한 힘이 느껴지나요?

톤이 너무 높아 튀는 것 같나요?

너무 낮게 느껴지나요?

적당히 편안하게 들리나요?

명료하게 잘 들리나요?

너무 단조롭고 지루하게 느껴지나요?

딱딱하게 들리나요?

웅얼거리고 자신감 없이 느껴지나요?

이도 저도 잘 모르겠고 그냥 손발이 오그라들어 쥐구멍에라도 숨고 싶다고요?

네, 맞습니다. 보통 우리는 내 목소리를, 그것도 기기에 녹음된 나의 소리를 집중해 들을 일이 거의 없지요. 처음 접하는 자신의 소리가 낯설어 어색하고 이상하게 느껴질 수 밖에요. 더구나 기기에 녹음돼 흘러나오는 소리는 말하는 동시에 귀로 듣는 자신의 목소리와는 또 다르게 느껴지니까요.

낭독 수업에서 가장 처음 하는 것 중 하나가 녹음해서 듣기, 즉 '자신의 목소리에 익숙해지기'입니다. 그러면 소리와 화법에 대한 다양한 느낌과 분석들이 쏟아져 나오는데요. 그중 제일 많이 하는 말이 바로 "어색해서 못 듣겠다"입니다. 그때 제가 하는 말은 "자신의 목소리를 비교하거나 분석하려 하지 말고 그냥 느껴 보라"입니다.

저 역시 성우가 된 후에도 한참 동안 제 목소리를 듣는 게 편치 않았습니다. 대사가 많지 않은 신인 시절이었는데도 모니터링을 하는 게 괴로웠죠. 마이크를 통해 말하고 녹음된 나의 목소리가 생각하고 있던 소리와 달랐거든요. 목소리도 낯설고, 거기에 '발 연기'까지 더해지니 저를 참 겸손하게 만들었습니다. 녹음된 나의 목소리에 적응하지 못했던 시절 한쪽 귀를 잡고 오므려 내가 생각하는 내 소리에만 집중해 연기를 했던 기억이 있습니다. 하지만 낭독은 '목소리'에 책의 메시지를 입히는 일이니 나의 소리에 익숙해지고 친해져야 합니다.

소리 내 읽을수록 목소리도 좋아진다

목소리는 또 다른 나입니다. 나고 자라 현재에 이른 모습이 목소리에도 고스란히 담겨 있으니까요. 그런데 낭독을 배우는 사람들 중 상당수가 자신의 목소리를 좋아하지 않았습니다. 다른 사람들 목소리는 다 좋은데 자신의 목소리만 이상한 것 같다는 겁니다. 맑고 청량한 목소리인데 "너무 튀는 것 같아 못 듣겠어요"라거나, 중저음 톤이 참 편안하게 들리는데 '평범해서 싫다'고 했죠. 많은 사람들이 자신의 소리를 있는 그대로 사랑하지 못하는 것 같아 안타깝습니다.

왜 남의 목소리는 좋고 내 목소리는 좋지 않을까요? 좋은 소리는 따로 있을까요? 건강한 사람에게서 나오는 모든 소리는 각자의 개성이 살아 있어 소중하고 매력적입니다. 소녀같이 여리거나, 차돌같이 힘이 있거나, 튀지 않아 편안한 느낌이 들거나. 내 목소리는 나만 만들 수 있기에 그만큼 귀합니다. 나의 소리는 나의 생각과 감정을 담아내는, 나만 빚을 수 있는 그릇이니까요.

현재의 나를 대변하는 나의 소리를 사랑하고 아낄 필요가 있습니다. 그래야 소리 내어 읽는 일도 편안해집니다.

보통 우리가 말하는 '갖고 싶은 좋은 목소리'에는 목소리와 소리의 운용에 관계된 것이 많습니다. 앞서 언급한 '좋은 목소리'를 가진 사람은 음색 자체가 좋을 수도 있지만, 소리를 발화하는 방식이 근사해서 좋게 들릴 가능성이 높은 것이죠. 호흡과 발성, 발음, 말의 빠르기와 강조, 적절한 쉼 등이 만들어내는 어투가 좋아서일 수도 있습니다.

목소리는 소리 내어 읽을수록 좋아집니다. 읽을수록 숨도 더 편안하게 드나들 것이고, 편안해진 숨의 통로를 따라 소리의 길이 열려 음도 정확하게 만들어지고 공명이 되어 나올 테니까요. 적당한 울림으로 완성된 소리는 읽을수록 각각의 글에 맞게 조건을 대입하는 방법을 자연스럽게 체득합니다. 그렇게 우리는 안정감과 평안함을 갖춘 좋은 소리를 갖게 됩니다.

제가 다니는 요가원에는 수련이 끝나면 "지금 이 시간, 요가 할 수 있음을 감사하자"는 말로 마무리를 하는 선생님이 있습니다. 내 목소리로 말할 수 있고, 좋은 글을 소리 내어 읽을 수 있는 것에 감사할 수 있으면 좋겠습니다. 그만하면 차고 넘치게 멋진 목소리니까요.

녹음된 내 목소리가 낯선 이유

내가 생각하는 내 목소리와 녹음 재생된 소리(남이 생각하는 내 소리)는 조금 다르게 느껴집니다. 왜 그럴까요?

소리는 공기를 통해 이동합니다. 누군가 소리를 냈을 때, 그 소리는 주변 공기의 진동을 거쳐 내 귀로 전달되고 다시 달팽이관을 거쳐 뇌신경에 도달한 화학적 신호로 뇌가 소리를 인지하게 됩니다.

그런데 내가 낸 소리를 내가 들을 때는 이런 공기 파동에 의한 소리도 듣지만, 소리를 만들기 위해 성대에서 만들어진 진동이 두개골을 울리며 올라와 귀(내이)로 바로 전달된 소리까지 듣게 되죠. 이때 두개골은 낮은 주파수의 진동을 증폭시키는 역할을 하기 때문에, 일반적으로 내가 인지하는 내 목소리는 남이 인지하는 내 소리에 비해 좀 더 깊고 낮고 풍부하게 느껴집니다.

녹음된 내 목소리 역시 공기 진동을 통한 소리만이 기기에 녹음된 것이라 — 여기에 디지털 시스템의 특성이 가미된다 — 재생된 소리가 평소 생각하는 내 목소리와 다르게 느껴지는 것입니다.

또 하나의 준비 운동, 예독

앉아 있는 공간에서 편안함을 느끼고 들고 나는 숨이 부드러워졌습니다. 쥐구멍은 찾지 않아도 될 만큼 나의 목소리를 듣는 것에도 덜 불편해졌고요. 그럼, 소리 내어 읽을 준비는 거의 다 됐습니다.

입을 떼 책 속의 이야기를 읽기 전에 한 가지만 더 준비할까요? 바로 '눈으로 먼저 읽기', 예독(豫讀)입니다.

"내일은 38쪽부터 공부할 테니 한 번 읽어 오세요."

학교 다닐 때 선생님들이 이런 말씀 많이 하셨죠. 꼭 해야 하는 건 아니었기에 미리 읽어 간 적은 거의 없지만, 어쩌다 한번 읽고 간 날이면 선생님 설명이 머리에 더 쉽게 콕콕 박혀 기분도 덩달아 좋아졌던 기억이 있습니다.

학습의 효과를 높이기 위해 필요한 것 중 하나가 적절한 예습입니다. 배우게 될 내용을 미리 훑어보면 내용을 따라가기도 쉽고 궁금증도 빠르게 해소할 수 있으니까요. 낭독을 할 때도 적절한 예습은 중요합니다. 이야기가 어떻게 흐르는지, 이해하기 어렵거나 혹은 정서적으로 받아들이기 어려운 부분은 없는지, 간략하게 스케치하듯 눈으로 먼저 훑으며 밑 작업을 하는 겁니다.

그렇다고 책에 띄어 읽을 부분까지 일일이 다 표시할 필요는 없습니다. 표시한 부분에 맞춰 (규격화해) 읽다 보면, 책 속 이야기와 정서가 자유롭게 들고 날 통로를 막아버릴 수 있으니까요. 예독은 처음 대하는 글이 낯설어 충분히 느끼며 말하지 못하고, 글자만을 읽어대는 실수를 하지 않기 위한 것입니다. 발음하기 어려운 단어가 있거나, 문장이 복잡해 띄거나 붙이기를 제대로 못 할 것 같은 부분에만 최소한으로 표시하면 됩니다.

소리 내 읽을 준비가 됐다면 이제 스케치에 색을 입히러 가겠습니다. 색이 없었던 밑그림이 나의 입을 통해 필요한 색들로 채워지고 어쩌면 향기와 감촉마저 느끼게 될 겁니다. 처음 4D 영화를 봤을 때의 놀랍고 새롭고 즐거웠던 경험을 기억하나요? 소리 내어 읽으면 눈으로만 봤을 때와는 다른, 단어 하나 문장 하나하나가 살아 있는 듯 경이로운 체험을 하게 될 겁니다. '햇살'이라는 단어를 눈으로만 읽고 느낄 때와 [핻쌀]이라고 소리 내며 읽을 때 내가 받아들이는 느낌의 크기와 깊이는 다릅니다. 평면에서 입체가 되고, 다시 오감을 통해 느끼는 '말의 맛'을 느껴보세요.

3장

당신의 표현력을 키우는

입말의 조건

푹 자고 깬 아침, 침대에서 기지개를 켜며 "아~ 잘잤다~" 말을 합니다. 몸은 한쪽으로 살짝 기울고 양팔과 다리는 쭉 펴지며 순간적으로 배에는 힘이 들어갑니다. 뜨기 싫은 듯 눈은 떠지고 얼굴 근육은 찌그러지며 하품 비슷한 것을 합니다. 그러면서 '아~'인지 '으~'인지 모를 불분명한 소리로 '아으아~ 잘 잤~드아~' 하고 말하죠.

말할 때 우리는 입말과 몸말을 사용해 표현합니다. 발음, 호흡과 발성, 음색, 속도, 사이, 강조, 어조, 변조, 명암 등은 입으로 표현하는 말의 영역이고, 자세와 표정, 제스처 등이 몸말의 영역입니다. 3장에서는 입말을 들여다봅니다. 입말을 완성하는 조건들은 동시에 낭독 화법의 조건이기도 하니까요.

발음 연습하는 법

메시지를 곡해 없이 전달하기 위해 무엇보다 중요한 것 중 하나가 정확한 발음입니다. 구조적인 장애나 발성과 조음에 잘못된 습관이 없다면 대부분 '나의 발음은 썩 나쁘지 않다'고 생각합니다. 한국어 생활권에 살고 있으니까요. 사회문화적 뿌리가 같은 언어권에서는 대충 발음해도 상대방이 웬만하면 알아듣습니다. 말이 이루어지는 환경과 정서에 대한 공감이 비교적 쉽기 때문이죠.

물론 발음이 좋지 않아도 상대를 설득하고 감동을 줄 수 있습니다. 상황에서의 진심이 더 중요하니까요. 발음이 좋지 않은 일부 배우들도 대중의 사랑을 꾸준히 받는 걸 보면 어쩌면 정확한 발음은 공감과 설득의 중요한 요소는 아닐 수 있습니다.

하지만 낭독에서는 다릅니다. 상황을 설명해 주는 화면과 같은 다른 보조장치가 없고 오직 목소리로만 전해야 하기에 정확한 발음은 무엇보다 중요합니다. 그래야 당신만을 의지하고 있는 청자에게 작가의 이야기를 곡해 없이 전할 수 있으니까요.

발음은 평소 꾸준히 노력하지 않으면 절대 좋아지지 않습니다.

"안 됐던 발음이 지금 잠깐 괜찮았다고 좋아졌다는 착각은 버리세요. 정확한 발음으로 잠꼬대할 정도는 돼야 좋아진 겁니다."

낭독 수업에서 종종 하는 말인데, 오랜 시간 형성된 잘못된 발화 습관을 고치려면 당연히 정확한 발음이 자연스럽게 체화될 때까지 시간이 필요합니다.

초보자가 실수하기 쉬운 발음과 발음에 관한 규칙에 대해 알아볼까요?

1. 외국인에게 한국어 발음 가르치듯 섬세하고 정확하게 연습하세요

ㄱ, ㄲ, ㄴ, ㄷ, ㄸ, ㄹ, ㅁ, ㅂ, ㅃ, ㅅ, ㅆ, ㅇ, ㅈ, ㅉ, ㅊ, ㅋ, ㅌ, ㅍ, ㅎ

ㅏ, ㅐ, ㅑ, ㅒ, ㅓ, ㅔ, ㅕ, ㅖ, ㅗ, ㅘ, ㅙ, ㅚ, ㅛ, ㅜ, ㅝ, ㅞ, ㅟ, ㅠ, ㅡ, ㅢ, ㅣ

우리말은 19개의 자음(子音)과 21개의 모음(母音)으로 이루어져 있습니다. 자음은 폐에서 나온 공기의 흐름이 입술이나 혀에 의해 일부, 혹은 전체가 막히면서 나는 소리입니다. 각각의 조음위치에 따라 공기가 어떻게 흐름에 장애가 생기며 입 밖으로 나오는지 섬세하게 느끼면서 연습해야 합니다. 자음의 발음이 정확해야 말의 인상이 선명해지고 맛이 살아납니다.

모음은 의미를 구별하는 데 중요한 역할을 합니다. 자음과 달리 소리의 통로가 열려 있어 소리가 자유롭게 지나갑니다. 단모음부터 이중모음까지 혀의 위치와 입술 모양을 구분하며 신경 써서 연습해 보세요. 입술의 움직임이 정확해야 소리가 구별되고 의미도 명확해집니다. 특히 이중모음을 신경 써서 연습합니다. 성우나 아나운서의 발음을 지켜보면 정확한 이중모음(ㅑ, ㅒ, ㅕ, ㅖ, ㅘ, ㅙ, ㅛ, ㅝ, ㅞ, ㅠ, ㅢ)의 발음이 의미 전달뿐 아니라 말의 품격도 높인다는 것을 잘 알 수 있습니다.

POINT 쪼개지 않은 나무젓가락 2개를 양쪽 앞 윗니와 아랫니 사이에 하나씩 끼우고 발음을 연습해 보세요!

발음 연습을 위해 연필을 양 어금니에 끼우는 방법이 흔히 알려져 있는데요. 입을 필요 이상 옆으로만 벌리게 되고 어금니에 과한 힘을 주게 돼 입술, 혀뿌리, 턱 등이 경직돼 발음은 정확할지 모르나 소리는 부자연스러워질 수 있습니다. 관여하는 기관과 근육이 긴장하지 않은 상태에서 정확하게 사용돼 나오는 발음이어야 의미도 명확해지고 말이 힘을 얻습니다. 턱과 목구멍이 열리고 입술과 혀가 부드럽게 움직일 수 있도록 앞 윗니와 아랫니 사이에 하나씩 모로 세워 가볍게 물어 볼까요?

나무젓가락이든 코르크든 떨어지지 않고 계속 물 수 있는 1.5cm

내외면 어떤 것이든 좋습니다. 나무젓가락일 경우 넓은 부분을 세로로 세워 양 윗니와 아랫니 사이에 하나씩 가볍게 물고 아래와 같이 홀자음과 모음을 연습해 보세요.

가 갸 거 겨 고 교 구 규 그 기
나 냐 너 녀 노 뇨 누 뉴 느 니
다 댜 더 뎌 도 됴 두 듀 드 디
라 랴 러 려 로 료 루 류 르 리
마 먀 머 며 모 묘 무 뮤 므 미
바 뱌 버 벼 보 뵤 부 뷰 브 비
사 샤 서 셔 소 쇼 수 슈 스 시
아 야 어 여 오 요 우 유 으 이
자 쟈 저 져 조 죠 주 쥬 즈 지
차 챠 처 쳐 초 쵸 추 츄 츠 치
카 캬 커 켜 코 쿄 쿠 큐 크 키
타 탸 터 텨 토 툐 투 튜 트 티
파 퍄 퍼 펴 포 표 푸 퓨 프 피
하 햐 허 혀 호 효 후 휴 흐 히

같은 방법으로 '까꺄꺼껴꼬꾜꾸뀨끄끼', '짜쨔쩌쪄쪼쬬쭈쮸쯔찌'와 같이 겹자음(ㄲ, ㄸ, ㅃ, ㅆ, ㅉ)과 모음을 연습해 보세요. 이중모음도 자음과 붙여 연습합니다.

이때 자음과 모음이 어디에서 어떻게 연결되어 발음되는지 인지하며 연습합니다. 젓가락이 방해가 되어 정확하게 되지 않는 발음들이 많겠지만, 최대한 분명하게 말하려고 노력합니다. 충분히 연습했다면 이번엔 나무젓가락 없이 해보세요. 훨씬 수월하게 발음이 될 겁니다. 턱, 입술, 혀, 목구멍 등이 이완된 상태를 충분히 인지할 수 있도록 두 가지 방법을 번갈아 연습하면 좋습니다.

2. 조사와 종결어미를 제대로 발화해 연습하세요

요즘 우리말의 발화는 정확함보다는 자연스러움을 추구하는 경향이 큽니다. 메시지를 부가 설명해 줄 장치들이 예전보다 다양해져 정교하게 발음할 필요가 없어졌으니까요. 스트리밍으로 간편하게 음성메시지를 소비하는 시대이기 때문에 다양하게, 많이, 오래 듣기 편해야 한다는 점에서 발음의 견고한 정확함보다는 듣기 편안하고 자연스럽게 흐르는 발음을 선호하는 것 같습니다.

그래서인지 꽤 많은 사람들이 체언(명사, 대명사, 수사와 같이 조사의 도움을 받아 문장에서 주체의 구실을 하는 단어)만 발화하고 조사나 어미는 제대로 발음하지 않고 흘리듯 넘어가 버립니다. 착각하지 말아야 할 것이 있습니다. 발음만 너무 도드라져 오래 듣기 부담스럽고 내용의 이해와 몰입을 방해할 정도의 지나친 정확함을 지양하라는 것이지, 발음을 하지 않아 뜻 전달을 하지 말라는 말이 아닙니다.

다인이가 방에 들어갔습니다.

위 문장에서 '가', '에', '어', '습니다'를 빠르게 흘리며 부정확하게 발음한다고 생각해 보세요. 끝을 들리지 않을 정도로 작게 얼버무리며 흐리는 사람의 말은 듣기 답답하기도 하지만 무슨 뜻인지 정확히 파악할 수도 없습니다. 조사나 어미를 제대로 발화해야 문장의 의미를 정확히 알 수 있습니다.

성격이 급하거나 혹은 정확하게 발음하기 힘든 낱말이 있는 경우, 긴장하면 더 발음이 부정확해지는데 그럴수록 천천히 또박또박 연습합니다.

3. 이중모음 'ㅢ'를 정확하게 발음하세요
'민주주의의 의의'라는 문장을 읽어볼까요?

/민주주의의 의의/
/민주주의에 의의/
/민주주이의 의이/
/민주주이에 의이/

이 외에도 사람들은 'ㅢ'를 아예 /ㅡ/로 발음하는 등 아주 다양하게 발음하는데 과연 무엇이 맞는 발음일까요?

'의'는 /ㅢ/로 소리 내는 것이 원칙이지만, 첫 음절에서는 늘 /ㅢ/로 소리 내고, 첫음절 이외의 '의'는 /ㅣ/로 소리 내는 것도 허용하며, 조사로 쓰인 '의'는 /ㅔ/로 소리 내는 것을 허용한다.

국립국어원의 표준어 규정, 제2부 표준발음법 제5항의 내용입니다. 이 조항대로 발음한다면 원칙인 /민주주의의 의의/를 포함해 허용하는 발음인 /민주주의의 의이/, /민주주의에 의의/, /민주주의에 의이/, /민주주이의 의의/, /민주주이의 의이/, /민주주이에 의의/, /민주주이에 의이/까지 맞는 발음만 8가지나 됩니다. 표준 발음이 8가지라니 많긴 많죠.

원칙인 /민주주의의 의의/로 발음할 것인지, 다른 7가지 중 하나로 할 것인지는 선택의 문제입니다. 그러나 표준어 발화가 기본 조건인 방송화법에서 성우나 아나운서와 같은 전문 내레이터와 진행자가 어떻게 발음하는지, 그들 중 /민주주의의 의의/로 발화하는 방송인이 한 명이라도 있는지 관찰해 보세요. 일상과 낭독에서 '의'를 어떻게 발음하는 것이 좋은지 알 수 있을 겁니다.

참고로 단어의 첫 음절에 오는 '의'는 제 음가대로 /ㅢ/, 2음절 이하는 /ㅣ/, 조사의 경우에는 /ㅔ/, 그래서 /민주주이에 의이/로 발음하는 것이 일상화되고 토착화된 발음입니다.

4. 된소리(경음)를 예사소리로 발음하지 않아요

핸드폰의 녹음 기능 버튼을 누른 후 아래 글을 자연스럽게 읽어
봅니다.

'좀 더 일찍 나올 것을.'

어제저녁에 마을 사람들과 모여 시작한 술 파티가 문제였다.

초면인데, 오늘 만날 사람에게 좋은 인상은 못 주더라도 지각
녀로 남기는 싫었다.

7초, 6초, 5초. 저만치에서 깜빡거리는 신호등을 향해 몸을 날리
며 '늦지 않을 것이다. 절대 늦지 않을 것이다' 오남은 다짐한다.

다음 발음을 확인하며 제대로 발음했는지 들어보세요.

/나올꺼슬/

/어제쩌녁/

/마을싸람들과/

/만날싸람에게/

/몯쭈더라도/

/아늘꺼시다/

이렇게 발음했다면 잘한 것입니다. 하지만 낭독 수업 중에 만난

열 명 중에 서너 명은 아래와 같이 발음합니다.

/나올∨거슬/

/어제∨저녁/

/마을∨사람들과/

/만날∨사람에게/

/몯∨주더라도/

/아늘∨거시다/

낭독은 자연스러운 일상의 말하기가 기본입니다. 평소에 위의
말들을 한다면 어떻게 말할지 생각해 보세요. '나올'과 '것을' 사이를
띄어 말할까요? '어제'와 '저녁' 사이를 띄어 말할까요? '마을'과 '사람
들' 사이는요? 또 '않을 것이다'는요?

붙여 된소리로 말을 할 겁니다. 그것이 의미를 전할 때 보다 자연
스럽고 편리하고 또 제대로 전달되니까요. 물론 말을 할 당시 위 단
어 사이에 머물고 싶어 사이를 띌 수도 있습니다. 하지만 모든 단어
의 사이를 띄어 말하지는 않죠. 부자연스러우니까요.

이것이 표준어 규정, 표준발음법, 경음화 규정의 '다만, 끊어서 말
할 적에는 예사소리로 발음한다.'는 다만 규정 때문인지 띄어 읽기
를 띄어쓰기와 혼동한 때문인지는 모르겠지만 낭독의 근본은 '말'
입니다. 낭독자는 청자에게 작가의 말을 작가의 의도에 맞는 자연

스러움으로 제대로 전달해야 할 책임이 있습니다. 그러니 일상에서 그리하듯, 자연스럽게 의미 다발로 묶어 된소리로 발음해야 하는 것은 된소리로 말해야 합니다.

5. 장단을 지켜 발음하세요

소리의 길고 짧음, 즉 장단에 따라 발음해야 뜻이 정확하게 전달되고 말이 품위 있게 들립니다.

밤에 밤·을 먹으니 더 꿀맛이더라.
말에게 말·을 거니 말·을 모르는 말이 가만히 있더라.
세·상에는 좋·은 사·람이 참 많·다.

정신없이 바쁜 세상, 말의 장단까지 지키며 살기엔 너무 여유가 없는 걸까요? 이렇게 제대로 조금 길게 혹은 짧게 발화해야 그 뜻이 빠르고 정확히 전달될뿐더러 운율이 자연스럽게 살아나 더 깊이 있고 아름답게 들립니다.

연륜 있는 배우들의 연기에 감탄하게 되는 것도 연기력이 말에 묻어 나오기 때문인데, 말이라는 그릇을 더 기품 있고 깊이 있게 해주는 것이 바로 장단음입니다. 장단을 지키는 사람과 아닌 사람의 낭독에는 분명 차이가 있습니다.

같은 언어권에 사니 굳이 지키지 않아도 듣다 보면 알 수 있을지 모르지만, 당신만을 의지하는 청자에게 정확한 뜻을 빨리 제대로 전달하고 듣는 즐거움이 충분한 말을 들려줄 의무가 낭독자에게는 있는 것이죠. 조급함을 버리고 새로운 말의 즐거움을 찾아보세요.

TIP

장단을 지켜야 뜻이 구별되는 단어들

우리말에는 소리의 길이에 따라 뜻이 달라지는 말들이 있습니다.
일상에서 많이 쓰이는 단어들 위주로 살펴볼까요?

ㄱ, ㄲ

가정	집
가:정	임시로 정함

간	음식의 짠 정도
간:	신체 부위

감사	감독하고 검사함, 그런 업무를 담당하는 기관이나 사람
감:사	고맙게 여김, 또는 그런 마음

감정	사물의 특성이나 참과 거짓, 좋고 나쁨을 감별하여 결정함
감:정	느끼어 일어나는 슬픔·기쁨·좋음·싫음 따위 마음이나 심리 상태

강도	강하고 약한 정도
강:도	힘으로 빼앗는 도둑

걷다	흩어져 없어지다, 치우다
걷:다	두 다리를 번갈아 옮겨 앞으로 가다

경기	경제 활동 상태, 경기도
경:기	기량과 기술을 겨룸

고장	사람이 많이 사는 지방
고:장	기계나 기구의 장애

고찰	깊이 생각하고 연구함
고:찰	역사가 오래된 사찰

공	공로
공:	둥근 물체

구두	신발
구:두	마주 대하여 입으로 하는 말

구하다	필요한 것을 찾다, 그렇게 하

여 얻다
구:하다 형편을 돕다, 낫게 하다

굴   굴과의 조개
굴: 땅이나 바위가 깊숙이 팬 곳

금주   이번 주일
금:주   술을 마시지 못하게 함, 술을
        끊음

깨다   조각나게 하다, 기록 따위를
        넘어서다
깨:다   정신이 맑아지다, 지혜가 열
        리다

ㄴ

눈   감각기관
눈: 흰 결정체

ㄷ, ㄸ

단정   얌전하고 바름
단:정   딱 잘라 판단하고 결정함

담   벽으로 둘러친 것

담: 질병, 다음

돈   돼지
돈: 화폐

돌   생일, 주기
돌: 광물 덩어리

동경   일본의 수도
동:경   어떤 것을 간절히 그리워해서
        그것만을 생각함

동안   어느 한 때에서 다른 한 때까
        지, 경기도 안양시 동안구
동:안   어려 보이는 얼굴

동화   서로 다른 것이 닮아서 같게 됨
동:화   동심을 바탕으로 지은 이야기

ㅁ

말   동물
말: 언어

면   낯이나 체면, 무엇을 향하고
        있는 쪽, 무명이나 무명실

면:	지방 행정 구획의 하나. 국수	병:사	병으로 죽음
모자	머리에 쓰는 것	부자	아버지와 아들
모:자	어머니와 아들	부:자	재물이 많아 넉넉한 사람
무	없음	병	액체 등을 담는 그릇
무:	채소	병:	기능 장애가 생겨 고통을 느끼는 상태
묻다	들러붙다, 덮어 감추다, 기대다		
묻:다	남의 대답이나 설명을 구하다	부정	바르지 못함, 옳지 못함
		부:정	그렇지 않다고 단정함

ㅂ, ㅃ

		부채	도구의 일종
밤	해진 뒤부터 날이 새기 전까지의 동안	부:채	빚

ㅅ

밤:	밤나무의 열매		
배	가슴과 엉덩이 사이 부분, 선박, 과일	사과	사과나무의 열매
		사:과	잘못에 대해 용서를 빎
배:	갑절 또는 곱절	사고	생각하고 궁리함
벌	죄지은 사람에게 괴로움을 주는 일	사:고	뜻밖에 일어난 불행한 사건, 정부의 서고(史庫)
벌:	곤충	사기	사기그릇
병사	군사	사:기	의욕이나 자신감 따위로 가득

차 굽힐 줄 모르는 기세

산적   산도둑, 산더미처럼 쌓임
산:적   음식 이름

사면   맡아보던 일자리를 그만두고
       물러남.
사:면   모든 주위, 사방, 죄를 용서하
       여 형벌을 면제함

상처   부상한 자리
상:처   아내의 죽음을 당함

새집   새로 지은 집
새:집   새(조류)의 집

선물   거래 종목의 일종
선:물   어떤 물건 따위를 선사함, 또
       는 그 물건

선수   앞질러 대책을 세움
선:수   운동선수

성인   어른
성:인   위대한 스승

소식   안부를 전하는 말이나 글 따위
소:식   음식을 적게 먹음

수치   부끄러움
수:치   계산하여 얻은 값

수학   학문을 갈고 닦음
수:학   학문의 한 분야

시각   시간의 한 점
시:각   사물을 관찰하고 파악하는 기
       본적인 자세, 빛의 에너지가
       눈의 망막을 자극하여 일어나
       는 감각

시장   배가 고픔
시:장   물건을 사고 파는 곳, 시의 책
       임자

실패   일이 뜻대로 되지 않거나 그
       르침
실:패   실을 감는 도구

ㅇ

연기   정해진 기한을 물려서 늘림,

	물건이 불에 탈 때에 나는 검거나 뿌연 기체		ㅈ, ㅉ	
연:기	배우가 배역의 인물·성격·행동 따위를 표현해내는 일	자기	그 사람 자신, 스스로
		자:기	자석이 갖는 작용이나 성질
영감	창의적인 일의 동기가 되는 생각이나 자극	자주	같은 일을 잦게, 스스로 처리함
영:감	나이 든 남편이나 남자 노인을 일컫는 말	자:주	자줏빛
		장기	오랜 기간, 내장의 기관, 가장 능한 재주
염증	신체 감염에 의한 반응		
염:증	싫증	장:기	놀이의 일종
유리	물질의 일종	장사	물건을 파는 일
유:리	이익이 있음, 이로움	장:사	힘이 센 사람, 장례
원수	한 나라의 최고 통치권자, 국가 원수	적다	글로 쓰다
		적:다	분량이나 수효가 표준에 미치지 못하다
원:수	원한이 맺힐 정도로 자기에게 해를 끼친 사람		
		전기	개인 일생의 사적 기록, 모든 기간, 앞의 기간
의사	병을 고치는 일을 직업으로 하는 사람	전:기	에너지의 일종, 전쟁에 대한 기록, 전환의 시기
의:사	무엇을 하고자 하는 생각, 의로운 행동으로 목숨을 바친 사람		
		정상	맨 꼭대기

정:상	변동이나 탈이 없이 제대로인 상태		

정:상   변동이나 탈이 없이 제대로인 상태

종   치거나 울리어 소리를 내는 금속 기구, 종자, 종류

종: 남의 집에서 대대로 천한 일을 하던 사람

주사   일반직 6급 공무원의 직급. 술에 취해서 하는 못된 행동

주:사   약액을 주사기에 넣어 주입함

처형   아내의 언니

처:형   형벌에 처함

최고   재촉의 뜻으로 내는 통지, 통지를 알리는 일

최:고   가장 높음, 가장 오래됨

ㅍ

평   넓이 단위

평: 평가함, 또는 그런 말

ㅎ

한눈   잠깐 봄, 한꺼번에

한:눈   딴 데를 보는 눈

해   태양

해: 이롭지 못하거나 손상시킴, 또는 그런 것

화병   꽃병

화:병   '울화병'의 준말

화장   화장품을 바르거나 문질러 얼굴을 곱게 꾸밈

화:장   시체를 불사르고, 남은 뼈를 모아 장사를 지냄

회   횟수를 세는 말

회: 생선 따위를 날로 잘게 썰어 먹는 음식

호흡과 발성 연습하는 법

건강한 사람 중에 호흡을 못 해 죽는 사람은 없습니다. 생명 유지와 소통에 필요한 기본 과정인 호흡과 발성은 특별한 결함이나 질환이 없는 이상, 일상에서 의식하지도 않을 만큼 너무나 자연스럽죠. 우리는 여기에 소리를 얹어 말을 하며 살아가고 있습니다.

그런데 자연스러운 이 과정이 낭독을 하게 되면 종종 무너지곤 합니다. 긴장하고 의식하기 때문이지요. 소리 내 읽는다는 부담감, 그것도 내 것이 아닌 남의 것을 읽는다는 부담감에 자연스럽고 내밀한 유기적 연결고리가 깨지는 것입니다. 숨이 남았는데 자꾸만 들이마시기도 하고, 반대로 숨이 부족한데도 시원하게 들이마시지 못 해 듣는 사람조차 안타깝고 불안하게 만듭니다.

소리도 마찬가지입니다. 평소에는 아주 잘 나오던 소리가 낭독만 하면 작아지고 말에 윤기가 없어진다거나 끝이 갈라진다거나 하는 것 역시 일상에서 편안하게 말을 할 때 내 몸이 갖는 자연스러움을 유지하지 못하기 때문입니다. '말과 낭독은 다르다', '읽는다'라는

낭독하기 전 나의 몸 상태를 관찰해 보세요!

- ☑ 등은 넓고 위 아래로 길게 펴져 있나요?
- ☑ 어깨는 부드럽고 길고 자연스럽게 뻗어 있나요?
  아니면 잔뜩 올라가 딱딱한가요?
- ☑ 목은 부드럽고 길게 늘여져 있나요? 긴장해 뻣뻣한가요?
- ☑ 입술은 부드러움과 유연함을 가지고 있나요?
- ☑ 턱이 치켜 올라가 있거나 목을 압박할 정도로 내려가 있지 않나요?
- ☑ 얼굴의 근육은 유연하게 움직일 준비가 됐나요?
- ☑ 혀는 아랫니 뒤에 편안히 놓여 있나요?
  아니면 뻣뻣하게 목구멍을 막고 있나요?
- ☑ 목구멍과 연구개는 열려 있고 부드러운가요?

생각이 긴장을 불러오고, 그 긴장은 평소에는 일하고 있는지조차 모르게 자연스럽게 활동하던 내 몸의 호흡과 소리 근육들을 경직시킵니다.

생활 속에서 활용할 수 있는 간단한 호흡과 발성 훈련법을 소개하겠지만, 그것보다 중요한 것은 받아들이는 것입니다. 소리 내어 읽기가 별다른 게 아니라는 것을요. 우리가 일상에서 수없이 말하고 살았던 이야기들의 연장선일 뿐입니다. 낭독할 때 숨과 소리가 부자연스럽게 느껴지면 일상에서 편안하게 말할 때 내 몸이 어떻게 반응했는지 얼른 떠올려보세요. 그때로 돌아가는 겁니다. 그러려면 자연스럽고 유연했던 평상시 나의 몸을 섬세하게 관찰해야겠죠.

가능하다면 몇 초라도 잠시 자리를 벗어나 호흡, 발성과 아무 상관이 없는 딴짓을 하고 다시 돌아오는 것도 좋습니다. 어디서 무엇을 하든 '환기'는 중요합니다. 잠깐의 시간 동안 이루어지는 무의식적인 움직임이 생각과 몸을 원래의 자연스러운 상태로 바꾸어 놓기도 하니까요.

호흡, 발성 이렇게 훈련하세요

불필요한 긴장은 호흡의 중심이 아래에 머물지 못하고 위로 올라가게 해 숨을 깊게 들이마시거나 편안하고 균일하게 내뱉지 못하게 합니다. 소리의 질이 떨어지고 화자의 생각과 감정을 목소리에 제대로 담아내지 못하게 합니다.

목소리는 폐에서 밀어낸 공기(날숨)가 성도(성대에서 입술에 이르는 길)를 거쳐 입 밖으로 빠져나오며 만들어집니다. 날숨이 성대를 진동시켜 성대음을 만들고, 이 성대음은 다시 성도를 지나며 공명(인두강과 구강, 비강)과 조음의 과정을 거쳐 입 밖으로 나오는데요. 이 과정이 잘 어우러져야 좋은 소리를 낼 수 있습니다. 긴장 등 여러 이유로 건강한 소리를 낼 수 없을 때 우리는 호흡과 발성에 대해 큰 관심을 갖게 되고 훈련법들도 궁금해 합니다. 하지만 그 방법들은 유기적임과 동시에 개별적이며 또 개인적인 차이를 인정하면서 조심스럽게 적용돼야 합니다. 저마다 몸의 조건이 미세하게 다르기 때문입니다.

누구에게나 적용 가능한, 호흡과 발성에 관여하는 근육의 이완법과 스트레칭 방법을 소개합니다.

1. 호흡과 발성을 위한 스트레칭

등, 어깨, 목, 턱, 입술, 혀, 연구개 등은 소리의 질에 직접적으로 영향을 미칩니다. 따라서 이 부분의 긴장을 풀어주는 것이 중요합니다. 의자에 앉아서 아래 동작을 따라해 보세요.

① 척추를 바로 세우고 앉으세요.

골반 넓이로 양발을 벌리고 발바닥이 지면에 잘 붙게 궁둥뼈(좌골, 앉을 때 바닥에 닿는 골반 양쪽의 뼈)로 앉아 척추를 위로 곧고 길게 세웁니다. 일부러 곧게 세운다는 느낌보다 '내 척추가 머리 위쪽을 향해 부드럽고 길게 뻗어 있다'는 느낌으로 궁둥뼈가 의자에 잘 닿게 앉으면 자연스럽게 세워집니다.

② 어깨와 목, 턱을 잘 풀어주세요.

어깨의 긴장은 목과 턱을 타고 성대 근육의 긴장으로 이어지니 잘 풀어줘야 합니다.

- 어깨 스트레칭을 합니다. 한쪽 팔을 굽혀 앞으로 나란히 한 다른 팔을 몸쪽으로 끌어와 감싸 안아 당깁니다. 이때 고개도 당기는 팔 반대편으로 돌려 목도 함께 스트레칭 합니다.

- 손바닥을 목 뒤에 대고 부드럽게 위로 쓸어 올려 주는 것도 좋습니다. 낭독할 때 어깨는 부드럽게 목 역시 뒤로 혹은 앞으로 너무 꺾이지 않은 상태를 유지해야 하는 것은 그 자체로도 중요하지만 턱의 경직을 막기 위해서라는 것을 기억하세요.

- 엄지손가락으로 양 귀의 앞쪽, 위아래 턱뼈(상,하악골)가 만나 폭 들어간 볼의 지점을 눌러 턱의 긴장을 풀어줍니다. 침이 흘러내릴 것처럼 혀가 살짝 빠지는 기분이 들고 턱도 약간 벌어집니다. 굳게 앙다물어 긴장된 어금니와 턱에서는 생각과 감정을 담아낸 건강한 소리가 나는 것을 방해할 수 있으니 신경 써서 풀어주세요. 그럼 낭독을 할 때 턱이 편안하게 유지됩니다.

위의 동작들을 할 때 한쪽 손바닥을 부드럽게 해당 부위에 대고 '내 어깨는 부드럽고 길게 뻗어 있다', '내 목 역시 부드러우며 목 뒤가 위로 길어진다', '나의 턱은 아무것에도 방해받지 않아 살짝 열린 채 편안하다' 하고 말하며 어깨는 부드럽고 길게 내려앉아 있고 목과 턱도 말한 대로 있는 모습을 상상해 보세요. 상상이라도 이러한 지시어에 근육은 반응합니다. 생각은 몸의 부적절한 긴장을 제거하는 데 효과적이에요.

③ 성대 주변 근육을 마사지해 부드럽게 해주세요.
- 목 앞쪽에 툭 튀어나와 있는 부분인 갑상연골(남성이 더 도드라지는데, 잘 못 찾겠다면 고개를 살짝 뒤로 젖혀 보세요)을 손으로 감

싸 쥐고 왼쪽에서 오른쪽으로, 또 오른쪽에서 왼쪽으로 부드럽게 움직이며 마사지합니다. 위에서 아래로도 쓸어내려 줍니다. 시계방향으로, 또 반대로 천천히 원을 그리며 돌려줍니다.

- 흉쇄유돌근(목빗근)을 마사지합니다. 흉쇄유돌근은 귀 뒤쪽 유양돌기에서 쇄골과 흉골까지 이어진 근육으로 목 양쪽에 비스듬히 길고 넓게 붙어 있어 고개를 옆으로 돌리면 만져집니다. 엄지와 검지손가락으로 양 흉쇄유돌근의 위, 중간, 아랫부분을 부드럽게 꼬집듯이 움켜잡아 풀어주면 됩니다.

④ 소리의 질에 직접 관여하는 혀, 연구개, 얼굴 근육을 스트레칭 하세요.

- 혀를 풀어줍니다. 입을 다문 상태에서 혀끝으로 모든 이와 잇몸을 문지르듯 스치며 크게 원을 그립니다. 반대쪽으로도 합니다. 혀끝만 움직이는 것이 아니라 목구멍과 연결된 혀의 뿌리까지 움직인다 생각하고 하세요. 고개를 뒤로 젖힌 상태에서 하늘을 향해 혀를 내밀고 '메롱' 하듯 뽑아주는 방법도 있습니다. 이때도 혀뿌리가 약간 뻐근하게 느껴지게 빼줍니다.

- 연구개를 스트레칭 합니다. 혀를 앞니 뒤편에 놓고 천천히 입천장을 따라 뒤로 쓸어 넘어가 보세요. 딱딱한 입천장(경구개)을 지나 만나게 되는 말랑말랑한 부분이 연구개입니다. 발성에서 연구개는 음높이(Pitch)가 바뀌는 데 관여합니다. 음이 높아

지면 연구개는 올라가고 낮아지면 내려오게 되지요. 말을 할 때 우리의 생각과 감정은 끊임없이 변화합니다. 그 변화는 미세하게 음높이를 변화시키며 어조에 담겨 나옵니다. 얼핏 보면 일정한 톤으로 발화하는 것처럼 느껴지는 낭독에서도 연구개가 부드럽고 자유롭게 즉각적으로 반응하며 움직여야 텍스트에 담긴 생각과 감정의 변화를 목소리에 충분히 담아낼 수 있습니다. 그래서 연구개 스트레칭이 중요합니다.

성대에서 만들어진 원음은 입 안(구강)과 코 주위의 빈 공간(비강)에 부딪쳐 울리며 입 밖으로 나가야 공명이 살아 있는 풍성하고 명확한 소리가 됩니다. 연구개가 뻣뻣하게 쳐져만 있으면 입 안이 천정이 내려앉은 좁고 납작한 공간이 돼, 호흡과 소리가 나가는 통로를 막아 버립니다. 소리가 입 안 공간을 넓고 크게 울리지 못하고 말랑한 연구개 조직에 대부분 흡수되거나 코로만 빠져나가 버리는 것이죠. 그래서 음성이 단조롭거나 답답하게 들리고 비음이 많이 섞인 소리가 나기도 하니, 연구개가 필요한 만큼 부드럽고 유연하게 움직일 수 있게 스트레칭 해주세요.

먼저 자연스럽게 하품을 해보세요. 하품하는 입 모양이 수직으로만이 아닌 옆으로도 활짝 열려 있는 것과 연구개가 위로 올라가 있다는 것을 기억합니다. 그런 다음 입을 다문 상태로 하품을 합니다. 하품을 하면 안 되는 상황에서 도저히 참을 수 없어

몰래 하듯 말이죠. 이때도 중요한 것은 수평으로 입을 벌려 하품한다고 상상해 입 안 공간을 거의 원형으로 크게 만드는 것입니다. 연구개뿐 아니라 목구멍, 얼굴 중간 부분까지도 크고 넓게 스트레칭 되는 것을 느낄 수 있을 겁니다. 그 상태에서 허밍으로 간단한 노래를 아주 기분 좋게 불러보세요. 나가는 호흡에 소리를 실어 부드럽게 풀어줍니다.

- 눈썹, 볼, 입술 등 얼굴의 모든 부위를 적극적으로 움직여 풀어줍니다. 위로 아래로, 옆으로 혹은 시계방향과 그 반대로도 크게 돌리며 풉니다.

작게 오므리고 활짝 벌리기도 하고 찡그리거나 크게 웃기도 합니다. "아에이오우"를 말로 하듯 입 모양을 만들어 입과 주변 근육을 풀거나 립 트릴을 하는 것도 좋습니다. 알고 있는 여러 방법을 이용해 근육의 긴장을 편안하게 풀어주면 됩니다.

2. 호흡과 소리 통로를 인지하는 훈련

호흡과 소리는 한몸입니다. 호흡에 관여하는 근육들이 폐를 움직여 숨을 마시고 내쉬게 하며 내쉬는 숨의 압력을 이용해 소리를 만드니까요. 우리가 호흡과 발성 훈련을 하는 이유는 내쉬는 숨에 이야기의 생각과 감정을 필요한 만큼 잘 담아내 말하기 위해서입니다. 그러려면 가슴 언저리에서만 얕게 이루어지는 호흡 대신 횡격막을 중심으로 아래 복부와 등, 옆구리, 엉덩이까지 상반신 전체에서 이루어지는 움직임들을 알 필요가 있습니다. 그중에서도 쉽게 움직임을 느낄 수 있는 호흡과 소리 통로 인지법을 소개합니다. 이 간단한 훈련을 습득해 낭독을 할 때도 항상 '내 호흡과 소리의 중심은 아래 복부에 있고 몸통 전체로 호흡하고 소리 낸다'고 상상해 보세요. 생각만으로도 호흡과 소리의 질은 달라질 수 있으니까요.

① 진공 상태 만들기

가벼운 '후우~' 소리와 함께 몸 안의 숨을 모두 내보낸 후 입술을 닫고 들이마시는 것을 멈추고 기다립니다. 숨을 멈추고 있기 때문에 호흡 근육들은 쉬고 있는 듯하지만 반대로 들이마시고 싶은 욕구는 점점 강해집니다. 욕구를 더 이상 참을 수 없을 때 숨을 들이마십니다. 의도적으로 마시려 하지 않더라도 자연스럽게 숨이 빨려 들어갈 수밖에 없다는 표현이 더 맞겠네요. 이때 몸에서 어느 부분이 움직이며 일을 하는지 느껴보세요.

평소 얕은 호흡을 하는 사람도 이때는 어쩔 수 없이 흉강이 한껏 팽창하며 횡격막은 내려가고 복부, 옆구리, 등, 엉덩이까지 움직이는 것을 느낄 수 있을 겁니다. 이렇게 자연스럽게 몸통으로 들어온 숨은 다시 천천히 입을 거쳐 밖으로 나갑니다. 이 훈련은 인체의 자연스러운 호흡 시스템에 '진공 상태'라는 제한을 두어 역으로 더 강하게 본래의 자연스러움으로 돌아가려는 원리를 이용한 것으로, 호흡에 참여하는 근육들을 강하게 단련시키는 데 도움을 줍니다. 몇 차례 반복하면서 호흡과 발성에 참여하는 근육들을 느껴보세요.

②내 안의 호수 채우기

편안하게 누워 양 무릎을 세워 굽히고 발바닥을 바닥에 내려놓습니다. 발과 발 사이는 골반 너비 정도이고, 턱은 위로 들리거나 아래로 꺾이지 않게 합니다. 뒤통수 아래 책 한두 권을 받치는 것도 좋습니다.

자세가 편안하다면, 하복부를 따뜻한 공기로 가득 찬 호수라고 상상합니다. 코로 숨을 마시면 호수에 저장되고, 내쉴 때면 호수와 입 사이로 연결된 큰 관을 통해 편안하고 기분 좋게 공기가 나갑니다. 부드럽게 호수를 채우고 관을 통해 내보내기를 반복합니다.

'허~~~' 하며 한숨 쉴 때와 비슷한 느낌으로 입 밖으로 내보냅니다. 내보낼 때 조금씩 '허~~~'의 강도를 높여 봅니다. 공기인 듯 소리인 듯 몸이 약하게 울리기 시작합니다. 여러 번 반복하며 소리가 만들어지는 순간과 그 길을 느껴보세요. '허~~~'를 약하게 강하게 내보내며 들어 오는 공기의 양과 나가는 압력, 그에 따른 진동의 차이도 느껴보세요.

③복어 입 만들기

숨을 들이마신 후 입술을 오므려 닫고 볼을 빵빵하게 부풀려 복어 입을 만듭니다. 이 상태에서 입을 오무려 닫힌 입술 사이로 숨을 내쉬려고 해보세요. 아주 미세하게 구멍이 열리고 그 사이로 숨이 빠져나올 겁니다. 몇 번 반복하다 이번에는 내쉬는 숨에 '뿌~' 뱃고동 소리를 냅니다. 정확하게 '뿌' 음가를 만들어 소리 내는 것이 아니라 내쉬는 숨에 아랫배 깊숙한 곳부터 시작해 성대, 입술까지 울리며 뱃고동 소리를 낸다고 상상하며 해보세요. 볼의 압력으로 목구멍이 열리고 성도가 길어집니다. 아랫배에서부터 시작된 소리가 몸통을 타고 목구멍을 지나 입 밖으로 나오는 것을 느낄 수 있을 겁니다.

④ 페트병으로 소리 내보내기

이 훈련은 목구멍을 열고 턱과 입술을 이완하는 데 효과적입니다. 아랫배에서 시작된 호흡이 성대를 거쳐 입 밖으로 나가며 소리가 만들어진다는 것을 페트병을 이용해 쉽게 느낄 수 있기 때문에 소리를 밖으로 뱉지 못하는 경우에도 효과적인 훈련입니다.

2리터 페트병을 준비합니다. 페트병 입구를 이가 아닌 입술로 부드럽게 감싸듯이 뭅니다. 턱과 목구멍이 열리는 동시에 이와 입술을 쓸 수 없으니 불필요한 경직이 사라집니다. 아랫배에서부터 나의 호흡과 소리가 올라와 페트병 안을 채운다고 상상하며 '아야어여~으이'와 같은 모음이나 '가갸거겨~그기'부터 '하햐허혀~흐히'까지 자음 발음을 한 음절씩 길게, 또 짧게 해봅니다. 그리고 아무 글이나 몇 문장 읽어보세요. 발음을 정확하게 할 수 없는 상황이니 발음에는 신경 쓰지 않아도 좋습니다. 옹알거리는 아기처럼, 알아들을 수 없게 이야기하는 사람처럼 하세요. 그런 다음 같은 발음과 문장들을 이번엔 페트병 없이 해봅니다. 소리가 좀 더 깊고 울림이 있으며 명료하고 시원하고 크게 나오는 게 느껴질 겁니다.

우리는 낭독자입니다. 페트병에 대고 낭독할 수는 없는 노릇이니, 이 훈련을 통해 소리의 질의 차이가 어디에서 시작된 것인지 몸으로 느껴 적용해 보세요.

3. 건강한 몸을 유지하세요

목소리를 사용해 무언가를 할 때 제일 중요한 조건은 '건강한 몸'입니다. 기력이 없고 피곤한 몸에서는 아무리 좋은 방법을 사용해 몸을 풀고 호흡을 정돈하며 소리 내는 훈련을 해도 지속적으로 질좋은 소리가 나올 수 없습니다. 몸통으로 호흡을 하고 울려 소리를 내는데 그 밑천인 몸이 건강하지 않으면 아무 소용이 없어요. 몸이 악기인 셈이지요.

호흡을 힘차게 안정적으로 밀어낼 힘이 부족한 몸에서는 작고 얇고 신경질적인 소리가 납니다. 호흡과 소리의 중심이 가슴 위쪽에 있어 숨도 얕고 짧아지며 자연히 한 호흡에 안정적으로 처리할수 있는 발화의 양도 적어집니다. 성대 접지력에도 문제가 생겨 갈라지거나 허스키한 소리 등이 나기도 합니다. 몸을 잘 조절할 수 없으니 공명이 적절히 배어 있는 소리도 내지 못하죠. 그러니 잘 먹고 잘 자고 잘 쉬고 많이 웃으면서 몸과 마음의 균형을 맞춰나가면 좋겠습니다. 불필요한 긴장이 없는 건강한 몸에서 좋은 소리가 나니까요

소리를 내며 내 몸 어딘가 부자연스러운 긴장이 느껴질 때는 내쉬는 숨에 '허어어~~~' 하고 소리를 담아 한숨으로 길게 실어 내보내세요. '허' 발음을 정확히 발화하는 게 아니라 그냥 가슴속 깊은 곳에서부터 나오는 한숨에 바람 빠지는 소리 비슷한 것을 함께 실어 나른다 생각하고 소리를 냅니다. 이 안도의 한숨은 실제 몸의 긴장을 덜어내는 효과가 있습니다. 내뱉는 숨과 소리에 긴장과 시름도 내려놓기 바랍니다.

사이, 띄어 읽기 연습

사이(Pause, 휴지, 休止)는 말 그대로 '말과 말 사이의 쉼'을 의미합니다. 낭독에서 '사이'를 어디에서 어떤 크기로 사용하느냐에 따라 말의 뜻과 맛이 달라집니다.

미진은 환하게 웃으며 달려오는 금동을 향해 두 팔을 벌렸다.

누가 웃는 걸까요?

미진은/ 환하게 웃으며 달려오는 금동을 향해 두 팔을 벌렸다.
미진은 환하게 웃으며/ 달려오는 금동을 향해 두 팔을 벌렸다.

이렇게 사이를 어디에 두고 쉬어 읽느냐에 따라 말의 뜻이 달라지기도 합니다.

이번에는 "나 너 사랑해" 하고 말을 한다고 가정해 볼까요? 말이 이루어지는 환경과 관계 등 다른 조건들은 무시하기로 합니다.

나 너 사랑해.
나/ 너 사랑해.
나 너/ 사랑해.

첫 문장처럼 사이를 두지 않고 한 호흡에 말하는 것과 두 번째 문장처럼 '나'와 '너' 사이에 쉼을 갖고 말하는 것, '나 너'와 '사랑해' 사이에 쉼을 갖고 말하는 것은 메시지는 같더라도 느낌은 다릅니다.

사이를 얼마만큼 두느냐에 따라서도 말의 느낌은 달라지죠. "나/ 너 사랑해"와 "나//// 너 사랑해"를 말해 보세요. (이때 '/'는 '사이'를 의미하고 '/'의 개수가 많아질수록 '사이'를 많이 둠을 의미합니다.) 표현력이 좋지 않더라도 이 두 문장의 느낌에 차이가 있다는 걸 알 수 있을 겁니다. 후자의 감정이 더 깊게 느껴지죠.

이야기할 때 사이는 화자의 생각과 감정이 머무는 시간입니다. 낭독할 때 역시 마찬가지지요. 낭독한 지점에 머물며 발화한 단어나 문장 등을 해독하고 이해하며 느끼는 시간이며, 다음 말을 하기 위한 준비 시간이기도 합니다.

이야기를 듣는 청자에게도 사이는 낭독자의 말을 이해하고 느끼는 시간인 동시에 다음 말을 듣기 위해 숨을 돌리는 시간이기도 하니 낭독자가 사이를 정확하고 효율적으로 사용하는 것은 참 중요합니다.

'사이'는 언제 두어야 하나요?

우리는 생각과 감정의 단위에 맞게 사이를 두며 말을 합니다. 생각과 감정을 상황의 흐름에 맞게 메시지로 생산함과 동시에 또 그것의 단위대로 말을 하다 호흡이 다하면 들이마신 후 다음 말을 이어 갑니다. 그런데 이 모든 과정이 찰나의 순간에 너무나 자연스럽고 완벽하게 일어나기 때문에 평소에는 이렇게 말을 하는지도 인지하지 못하고 삽니다.

낭독에서 사이를 두는 것도 이와 같습니다. 단, 낭독에서는 낭독자가 메시지를 생산한 것이 아니기 때문에 메시지 생산자, 즉 '화자 입장'에서 이야기를 하려는 노력만 더해지면 되는 것이죠. 내(낭독자)가 화자인 양 이야기하다 내 (화자) 생각과 감정이 머물고 싶은 부분에서 사이를 두면 됩니다. 그러면 누가 손을 흔드는지 헷갈리지 않아 뜻을 왜곡하지도 않습니다.

화자의 생각과 감정의 묶음대로 사이를 두면 자연히 호흡을 고려해 크거나 작은 '의미 묶음'으로 사이를 두게 됩니다. 그래야 모든 문장에서 주어 다음에 쉬는 기계적인 낭독을 하지 않을 수 있고, 한 호흡에 처리할 수 있는 짧은 문장에서도 쉼을 갖게 되는 경우를 설명할 수 있습니다. "나///// 너 사랑해"처럼 아무리 짧은 말도 한 호흡에 다할 수 없는 상황과 심정이 생기듯 말입니다.

이렇게 우리는 '사이'를 아주 잘 사용하면서 삽니다. 내 말을 내가 하니 당연히 의미의 왜곡이 일어나지 않게 짧거나 긴 다발로 묶어 머물고 싶은 부분에서는 작게도 크게도 마음껏 쉬면서요. 그런데 남의 글을 낭독할 때는 일상에서처럼 자연스럽게 사이를 두지 못하는 경우가 많습니다. 아무리 화자인 양 생각하고 느끼며 이야기를 따라가려 해도 말이 아닌 '글'을, 그것도 남의 글을 '읽는다'는 부담과 고정관념 때문입니다. 그리고 그것이 때로는 맞춤법상의 띄어쓰기대로 '사이'를 둬야 한다는 생각으로 이어집니다. 모두 같은 크기로 쉬면서 말이죠.

그렇게 미친 듯이 찾아 헤맸던 그 사람이 틀림없었다.

위 문장을 자연스럽게 소리 내어 읽어보세요. 이야기의 흐름상 화자의 생각과 감정이 증폭돼 머물러야 한다면 어디에서든 사이를 둘 수 있고, 그렇지 않다면 한 호흡에 낭독할 수도 있습니다. 또 사이의 크기도 다르게 할 수 있습니다. 그런데 간혹 어떤 분들은 이렇게 낭독합니다.

그렇게/ 미친 듯이/ 찾아 헤맸던/ 그/ 사람이/ 틀림없었다.

맞춤법상 띄어쓰기를 준수하듯 아주 잦게, 또 매번 같은 크기로 사이를 두며 어떤 생각과 감정도 느껴지지 않는 로봇처럼 읽는 것이죠.

발화할 때는 글이 아닌 '말'이 되니 말의 법칙을 따라야 합니다. 말은 낱개의 단어가 아닌 '의미의 덩어리'로 이해됩니다. 저렇게 부자연스럽게 잦게 끊어 말하지 않습니다. 화자의 생각이나 감정으로 묶인 의미의 다발대로 자연스럽게 묶거나 띄며 말해야 말이 품고 있는 뜻과 정서가 정확하게 청자에게 전해집니다.

따라서 '의미의 다발'로 말을 묶어 사이를 둬야 합니다. 그래야 자연스럽습니다. 사이를 너무 잦게 두면 당장은 청자의 집중력을 높이는 효과가 있을 수 있지만 오래 들을 때는 오히려 집중을 흩트립니다. 말이 흐름을 타고 부드럽게 이어지지 않고 중간 중간 계속 끊기니 끝까지 신경을 써 그 말에 집중해야 하는 청자의 귀는 피곤해집니다.

잦은 사이 두기는 의미 전달도 원활할 수 없을뿐더러 자칫하면 그릇된 강조를 사용하게 돼 곡해를 일으킬 수 있습니다. 그러니 꼭 기억하세요. 글을 소리 내 발화할 땐 말이고 이야기가 된다는 것을요.

사이, 이렇게 활용하세요!

읽을 때 화자의 생각이나 감정으로 묶인 의미의 다발대로 사이를 둘 수 있다면 모든 게 자연스럽게 해결되지만, 낭독 초보인 당신에겐 생각만큼 쉽지 않습니다. 그러니 다음과 같이 연습해 보세요!

1. 사이를 둘 곳과 사이의 크기를 조절합니다

문장의 뜻을 왜곡하지 않는 선에서 의미 덩어리로 끊어 사이를 최소화합니다. 이때 끊은 지점은 크게 쉬어 갑니다. 그리고 한 의미 덩어리 안에서 호흡이 부족하다면 한두 번 더, 이번에는 살짝만 쉬며 사이의 크기를 조절합니다.

2. 단락이 바뀌는 지점은 사이를 두고 쉬어갑니다

이야기의 내용이나 감정 등 상황이 바뀌는 지점, 즉 단락이 바뀌는 지점에서도 '사이'를 둡니다. 단락이 바뀌는 지점에서 '한 칸 들여쓰기'를 해 이야기의 변화를 독자에게 미리 알려 주는 작가처럼 낭독할 때도 이런 서비스 정신을 가져야 합니다. 단락이 바뀔 때 인위적으로라도 사이를 둡니다. 그래야 청자가 낭독 속도에 따라 이야기를 이해할 수 있습니다.

3. 글이 다른 형태로 변화할 때는 사이를 둡니다

익숙해지면 물리적인 사이를 두지 않고 호흡을 달리 하는 것만으로도 변화를 설명할 수 있지만 그렇지 못한 초보 낭독자는 의도적으로라도 잠깐 쉬어야 합니다.

제목과 본문 사이는 잠깐 쉽니다. 제목의 정서를 느끼며 소리 내어 읽은 후 낭독자는 제목을 읽을 때 느꼈던 생각과 감정을 정리하고 본문의 정서를 받아들일 준비를 해야 합니다.

그 준비 시간이 사이를 갖는 것으로 나타나야 합니다. 제목을 읽을 당시의 정서를 물고 본문의 정서로 들어가지 않기 위해서요. 사이가 있어야 청자도 충분히 제목을 해독하고 느낀 후 이어질 내용을 궁금해하며 기다릴 수 있습니다. 잊지 마세요. 사이가 청자의 해독 피로도를 줄여준다는 사실을 말입니다.

소설의 경우 해설 다음 대사가 올 때 사이를 두고 살짝 쉽니다. 반대로 오는 경우도 마찬가지입니다. 서로 다른 인물이 등장할 때도 대사와 대사 사이 오버랩으로 바로 받아치며 말해야 하는 경우가 아니라면 살짝 사이를 둡니다. 그래야 B에서 A가 묻어나지 않습니다. A와 B 사이 낭독자가 사이를 두고 잠시 쉬어야 이어지는 다른 감정이나 역할을 준비할 수 있을뿐더러 청자도 이해하기 쉽습니다. 얼굴에 쓴 가면을 순식간에 바꾸는 중국의 변검 공연 배우처럼 '사이'를 효과적으로 사용해 보세요.

적정한 속도로 읽기 연습

낭독할 때 적정 빠르기가 무엇이냐는 질문을 받을 때가 있습니다. 그러면 "당신이 평소 이야기하는 속도는 어떻게 되냐"고 되묻곤 하죠. 일상에서 이야기할 때 나의 말의 속도를 잘 관찰해 보세요.

적정한 속도는 평소 듣기에 답답할 정도로 느리다거나 너무 빨라 숨넘어갈 것 같다는 얘기를 듣지 않는다면, 다시 말해 극단적으로 빠르거나 느리다는 평을 듣지 않는다면 화자인 내가 '메시지를 이해하고 느끼며 이야기하는 속도' 즉, 나의 '생각과 감정의 속도'입니다. 그 속도를 유지하며 낭독하면 됩니다.

일상의 말하기와 낭독의 속도는 다르지 않습니다. 당신은 상대방이 잘 받아들일 수 있도록 최선을 다해 말을 합니다. 처한 환경과 관계 안에서 생각과 감정의 속도대로, 어느 부분은 보통의 빠르기로 어디에서는 조금 빨라지는 듯하기도 하고 또 한참 뜸을 들이다 이어가기도 합니다. 내가 먼저 이해해야 듣는 사람도 이해할 수 있으니까요.

낭독도 같습니다. 낭독자인 내가 먼저 내용을 이해하고 정서를 받아들이며 발화해야 청자에게도 곡해 없이 편안하게 전달됩니다. 극적인 부분은 속도감을 조금 주기도 하고 심각하다거나 이해하기 어렵다고 느껴지는 부분은 조금 천천히 짚어가듯 읽는 등 자연스럽게 속도에 변화도 줄 수 있습니다.

재밌는 점은 평소 말이 빠른 사람은 낭독 역시 대부분 빨리 한다는 거죠. 성격 역시 급하다는 얘기를 많이 듣는다고 하고요. 반대로 느긋한 사람은 말과 낭독 모두 느린 경향이 있습니다. 생긴 대로 살아온 대로 나올 수밖에 없는 것이 낭독이란 생각도 듭니다.

낭독을 잘하는 사람의 특징

속도는 사이, 그리고 강조와 연결돼 있습니다. 이것들이 다양한 어미 처리와 어우러져 말의 어조를 만들게 되는데요. 낭독을 잘하는 사람은 텍스트를 글이 아닌 말, 즉 이야기로 받아들이기 때문에 속도 조절 능력이 좋을 수밖에 없습니다. 상황에 대처하는 순발력이 뛰어난 사람처럼 말입니다.

이야기를 자연스럽게 따라가며 변화하는 내용에 맞게 즉각적으로 반응하다 보니 평온하게 보통으로, 급박한 느낌을 주며 약간 빠른 듯, 천천히 되새김하듯 조금 느린 느낌으로, 또 멈춤과 천천히를 반복하며 충분히 생각하고 느리게 나아가는 등의 변화가 부드럽고 유연하게 일어납니다. 그리고 그것은 '속도감'의 변화로 이어져 오래 들어도 지루하지 않게 만듭니다.

사실 전체 속도의 변화는 거의 없습니다. 그때그때의 속도에는 조금 변화가 있기도 하지만 '사이'와 어우러지니 전체 빠르기 면에서 볼 때 의미 있는 차이는 없습니다. 청자 입장에서 책 한 권을 다 듣는다 치면, 상황의 변화에 따라 살짝 변화가 있는, 전체적으로는 보통의 빠르기라고 느껴질 겁니다.

속도의 변화는 사이와 함께 느껴집니다. 누군가의 낭독이 짧게 언뜻 들을 때는 괜찮은 듯 들리는데 오래 듣다 보면 급하고 빠른 것 같이 느껴진다면 그건 문장과 문장 간의 속도가 빨라서, 즉 사이가 없어서입니다. 긴장하지 않고 좀 더 수월하게 이야기로 받아들이면 문장들 사이에서도 쉬거나 잇거나가 내용과 낭독자의 호흡에 맞게 편하게 진행될 겁니다.

빠르게 변화하고 적응해야 하는 바쁜 세상이라 그런지 낭독자의 속도도 또 청자가 낭독을 즐기는 속도도 조금씩 빨라지고 있는 것 같습니다. 변화의 흐름을 어찌할 수는 없지만 낭독을 즐기는 여유마저 사라지는 것 같아 안타까운 마음이 드는 것도 사실입니다.

말맛을 살리는 변주, 강조

오래 듣게 되는 말이 있습니다. 반면 조금 길게 들으면 지루해지는 말이 있죠. 메시지의 호감도를 떠나 오래 듣게 되는 말을 하는 사람은 입말 변주를 잘합니다. 일관된 톤 속에서도 이야기의 흐름과 자신의 성향에 맞게 변화를 주어 메시지의 중요성과 말의 맛을 끌어올립니다. 입말에 변주를 주는 방법 중 하나가 바로 강조입니다.

강조는 특정 음절이나 단어, 또는 구를 다른 것보다 더 힘주어 말하는 것을 의미합니다. 크게 두 가지로 요약할 수 있는데 말의 장단, 사이 두기 등에서 나타나는 강조와 내용상의 강조입니다. 강조를 정확하고 적절히 사용하면 자연스럽게 억양이 생기고 말은 생동감을 얻습니다.

말의 장단이 만드는 자연스러운 강조
아래 글을 소리 내어 읽어보세요.

눈을 들어 하늘을 본다.

눈ː이 내리고 있다.

눈ː에 젖으며 내 눈도 따라 젖고 있다.

단어가 장음일 경우 조금 높고 길게 발화되기 때문에 해당 단어는 자연스럽게 강조됩니다. 가끔 집안일을 하느라 좋아하는 드라마를 틀어 놓고 듣게만 될 때가 있는데요. 이럴 때 확실히 느끼게 되죠. 장단을 잘 지키며 말하는 연륜 있는 연기자와 그렇지 못한 연기자들의 화법 차이를요. 여러분도 눈은 닫고 귀를 열어 들어보세요.

이순재 배우부터 김영옥, 강부자, 한석규 등 적지 않은 중견 배우들이 아직까지 안방극장을 탄탄히 받치고 있어 고맙다는 생각을 합니다. 연기력은 감정 자체가 아니라 감정을 말에 잘 담아야 나옵니다. 장음을 길게 말하는 것 자체에 메시지의 뜻과 감정이 담겨 있으니까요. 물론 그렇다고 어색할 정도로 길게 발음할 필요는 없습니다. 정확한 시간으로 단정 지을 순 없지만 대략 0.5초 정도면 무난할 듯싶군요. 어떤 길이로 해야 하는지 도통 모르겠다면 앞서 말한 배우들을 모니터링하고 따라하세요. 하다 보면 감이 오고 입에도 잘 맞아 품위 있게 말을 할 수 있을 겁니다.

'사이'를 활용해 만드는 강조

사이를 둔 후 발화하는 단어는 좀 더 강조되기 쉽습니다. 입 안에서 밖으로 밀어내는 공기의 압력이 순간적으로 커지게 되니까요. 그래서 사이는 너무 빈번하지 않게, 적절하고 정확하게 두는 게 중요합니다.

지원이가 걸어갑니다.
눈이 부시게 아름다운 지원이가 복도 맨 끝에 있는 작은 방으로 사부작사부작 천천히 걸어갑니다.

이 문장을 사이를 두어 자연스럽게 말해볼까요?

지원이가 걸어갑니다.
눈이 부시게 아름다운 지원이가/ 복도 맨 끝에 있는 작은 방으로 사부작사부작 천천히 걸어갑니다.

주어가 길어 일단 주어 다음에 사이를 한 번 두겠습니다. 두 번째 문장을 말할 때 호흡이 조금 부족한가요? 그럼 이렇게 '방으로' 다음 살짝 사이를 두어 읽어봅니다.

지원이가 걸어갑니다.
눈이 부시게 아름다운 지원이가/ 복도 맨 끝에 있는 작은 방으로∨ 사부작사부작 천천히 걸어갑니다.

위와 같이 읽으면 사이를 가진 다음 발화하게 되는 '눈이', '복도', '사부작사부작'이 자연스럽게 조금 강조되어 발화됐을 겁니다. (여기서 'V'는 '/'보다 작은 크기로 쉼을 의미합니다. 정해진 기호는 없으니 각자 알기 쉬운 기호를 사용하면 됩니다.) 꼭 이렇게 사이를 두어야 하는 것은 아닙니다. 생각과 감정의 덩어리대로 쉬어 내용과 뉘앙스를 정확하게 전달만 한다면 어디에서 어떻게 사이를 두든 다 좋습니다. 말은 산수가 아니니까요. 다만, 사이를 정확하게, 적절하게 두는 것이 중요합니다.

사이를 둘 때 주의할 점은 맞춤법상 띄어쓰기를 기준으로 하면 안 된다는 것입니다.

지원이가/ 걸어갑니다.

눈이/ 부시게/ 아름다운/ 지원이가/ 복도/ 맨/ 끝에/ 있는/ 작은/ 방으로/ 사부작사부작/ 천천히/ 걸어갑니다.

이런 식으로 맞춤법상 띄어쓰기를 지향하며 필요 이상 잦게 사이를 두면 아무리 작더라도 강조점이 너무 많아져 결국 어느 곳도 강조하지 못하는 셈이 되고 맙니다.

사이를 잘못 두게 되면 청자의 곡해를 불러오기도 합니다. 예를 들어 서술어 앞에서 사이를 두고 술어만 강조하는 경우가 그렇습니다. 낭독을 배우는 사람 중 적지 않은 사람들이 이렇게 합니다.

~~~ 사부작사부작 천천히/ 걸어갑니다.

술어인 '걸어갑니다' 앞에서 사이를 갖고 '걸어갑니다'를 의식적으로 강조하는 식인 거죠. (여기서 단어 위 방점은 강조를 의미하는 것으로 수가 많을수록 강하게 강조됨을 의미합니다.) 이 문장에서는 단순히 걸어가는 행위가 아니라 어떤 모양새로 걸어가는지가 중요한데, 이렇게 되면 뜻이 왜곡돼 전달됩니다. 또 모든 문장을 이런 식으로 처리하면 말이 자연스러운 리듬을 잃게 되죠. 이야기를 따르다 술어 앞에서 사이를 갖게 되더라도 술어 자체가 강조돼야 하는 상황이 아니라면 의식적인 강조는 하지 말아야 합니다.

꾸며 주는 말 강조하기

상대방이 정말 이쁘다고 느낄 때 "너 참 이쁘다" 이 말을 자연스럽게 해요. 이 문장은 어디를 강조해야 할까요? 얼마나 이쁜지 말해주는 '참'이 강조돼야 맞겠죠? 이어 한 호흡에 '참 이쁘다'고 말할 때는 '참'에 더 방점이 찍히면서 자연스럽게 강조됩니다. '참'과 '이쁘다' 사이를 뗄 때도 둘 다 강조하지만 수위를 설명해주는 '참'을 더 크게 강조하는 게 맞습니다.

문장에는 구성할 때 꼭 필요한 주성분(주어, 술어, 목적어, 보어)이 있고, 그것들을 꾸며 주는 말인 부성분(관형어, 부사어)이 있습니다. 주성분과 부성분이 함께 있는 문장에서는 꾸밈을 받는 주성분보다 그들을 꾸미는 부성분을 강조해야 뜻이 정확하게 전달되고 말의 리듬도 자연스러워집니다. 주성분만 강조하면 말의 뜻이 왜곡됩니다. 한 호흡 묶음 안에서는 꾸미는 말을 기준으로 자연스럽게, 둘 사이를 뗄 때는 꾸미는 말과 받는 말을 같은 크기로 강조하는 게 맞지만 꾸미는 말을 강으로, 받는 말은 중강 정도로 발화하는 것이 자연스럽게 들립니다.

　지원이가 걸어갑니다.
　눈이 부시게 아름다운 지원이가 복도 맨 끝에 있는 작은 방으로 사부작사부작 천천히 걸어갑니다.

　다시 이 문장으로 돌아가 봅니다. 두 번째 문장은 주성분인 주어와 술어 '지원이가 걸어갑니다'에서 시작됩니다. 나머지는 모두 이들을 꾸미거나 설명하는 말이죠. 그러면 '눈이 부시게 아름다운'과 '복도 맨 끝에 있는 작은 방으로 사부작사부작 천천히'를 강조하면 됩니다. 사이 두기까지 적용하면 이렇게 되겠죠.

　지원이가 걸어갑니다.
　눈이 부시게 아름다운 지원이가/ 복도 맨 끝에 있는 작은 방으로∨ 사부작사부작 천천히 걸어갑니다.

'눈이 부시게 아름다운/ 지원이가' 이렇게 주어를 주성분과 부성분을 떼어 말할 때는 주성분인 '지원이가'보다 부성분인 '눈이 부시게 아름다운'이 어두 '눈'을 중심으로 자연스럽게 조금 더 강조되면 됩니다.

꾸미는 말이 없는 경우의 주어도 중강 정도로 발화하는 것이 자연스럽습니다. 그렇다고 항상 중강을 유지하라는 얘기가 아닙니다. 자연스럽게 이야기를 따라 낭독하다 보면 강으로도, 또 약으로도 발화하게 됩니다. 그것이 말이니까요. 이 모든 팁은 이야기로 받아들여 말하지 못하고 글자만 읽는 사람들을 위한 최소한의 기술이라는 것을 기억하세요.

일상에서 우리는 강조를 잘 사용합니다. 이야기의 맥락 안에서 무엇이 중요한지 아주 정확하고 자연스럽게 짚는 거죠. 낭독의 해법은 이야기로 받아들이느냐 못 받아들이느냐에 있습니다. 글을 단순한 문장들의 나열이 아니라 '이야기'로 받아들여야 합니다.

책의 이야기에 푹 빠져 화자의 대리인이 되어 발화해 보세요. 길게 이어져 있는 복도와 그 길을 따라 천천히 걸어가는 아름다운 지원의 모습이 머릿속에 그려질 겁니다. 그러면 잘못된 사이와 강조를 사용할 일이 없어 이렇게 시시콜콜한 이야기들을 할 필요가 없겠지요. 어찌 됐건 강조를 잘못 사용해 말이 이상하게 들린다면 '평소에 이 문장들을 어떻게 말했을까?' 얼른 떠올려보세요. 정확하고 자연스럽게 들릴 때까지 여러 번 반복해 소리 내 읽어보기 바랍니다. 당신은 이미 정답을 알고 있으니까요.

어디서 어떤 강도로 강조해야 하는지 알긴 알겠는데 자연스럽지 않다면 손을 활용해 보세요. 지휘자가 되어 손으로 지휘를 하는 겁니다. 중강일 땐 조금만 올려 살짝 찌르고, 강일 땐 더 높이 힘차게 하늘을 향해 찌르며 손의 움직임과 함께 해당 단어를 강조합니다. 메시지와 그것을 표현하는 입과 몸의 말은 서로 연결되어 있습니다. 몸의 도움을 받아 시종일관 밋밋해 지루하기만 한 당신의 말에 강조를 담아보세요.

> **POINT** 낭독할 때 강조할 단어에서 손을 들어 지휘하듯 찌르며 읽어보세요! 몸을 이용해 반복하다 보면 강조가 한결 자연스러워집니다.

문장에 표정을 만들어주는 어조

어조는 문장이나 문장 일부에 나타나는 음의 높고 낮은 흐름을 말하는 것으로 억양(Intonation)이나 리듬(Rhythm)을 포함합니다. 음악의 멜로디와 같은 것이죠. 음의 높고 낮음으로 수평, 상승, 하강조 등으로 구분하긴 하지만 이것만으로는 섬세하고 다양한 말의 높낮이를 설명할 수 없습니다. 어미를 내리더라도 짧고 굵게 내리느냐, 늘이듯이 길게 내리느냐 등 다양한 처리가 있을 수밖에 없기 때문이죠.

조사와 어미에 어조를 살려보세요
어조는 글말의 의미와 의도를 청자에게 제대로 전달하기 위해 중요한 요소입니다. 문장의 인상이나 표정을 결정짓는다고 할까요?

"밥 먹었어?" 이 한 마디의 종결어미를 다양하게 올리면서 말해 보세요. 애정 없는 건조한 관계에서는 별다른 의미 없이 굵고 짧게

'어?'를 올리며 말할 수도 있고, 사랑스러운 어린아이에게는 아주 부드럽게 '어~~~?'를 늘이며 물어볼 수도 있습니다. 점심식사 후 마주친 동료에게는 밝고 명랑하게, 짧게 올리며 말할 수도 있겠죠. 이해를 돕기 위해 짧은 문장과 종결어미를 올리는 것만으로 가정했지만 실제 우리가 말하고 낭독하는 글은 한 문장 안에서도 여러 번 다양한 느낌의 상승, 하강, 수평조가 나옵니다.

시간은 흐릅니다. 그리고 상황과 관계, 당신의 생각과 감정도 흐르는 시간과 함께 고정돼 있지 않고 조금씩 변화합니다. 그러니 그 모든 것을 반영하는 말 또한, 내용도 바뀌지만 그것을 표현하는 발화법도 조금씩 바뀌게 되죠. 올라갔다 내려갔다 늘어지기도 하면서 말입니다. 올라가더라도 부드럽고 길게, 강하고 짧게 또 다른 여러 형태로도 바뀌며 당신의 생각과 감정이 시시각각 변하고 있음을 반영합니다. 설혹 똑같이 발화되는 것처럼 보이더라도 말이죠.

그런데 낭독을 하면 이 자연스러운 변화가 사라지는 사람들이 많습니다. 모든 조사나 어미가 계속 축 처지며 내려가거나, 너무 작아 들릴 듯 말 듯 하거나, 혹은 매번 강하고 세게 올라가거나, 한두 가지의 고정된 패턴으로만 발화하는 경우가 상당히 많습니다.

모처럼 펼쳐진/ 맑고 높은 하늘을 바라보니/// 당장 어디로든 떠나고 싶었다.

화자는 떠나고 싶다고 느끼고 있군요. '펼쳐진' 다음 살짝, '바라보니' 다음에는 조금 길게 쉬어 보겠습니다.

여러분도 화자가 되어 낭독해 보세요. 쉬는 지점의 어미인 '진', '니' 그리고 종결어미인 '다'를 어떻게 처리했나요? 계속 힘없이 내렸나요? 강하고 단호한 느낌이 들게 올렸나요? 아니면 부드럽고 가볍게 올리기만 했나요? 또 어떤 일정한 패턴으로 발화했나요?

쉬는 지점의 조사나 어미를 매번 다 다르게 발화하라는 얘기가 아닙니다. 낭독은 말의 영역이니 말의 법칙을 따라야 한다는 얘기입니다. 상황에 따라 달라지며, 일률적으로 정형화시킬 수 없는 것이 말이니까요. 일상에서 우리의 말은 자연스럽게 변화하며 흐르기 때문에 낭독에서도 변화하는 화자의 생각과 감정에 따라 조사, 어미가 필요한 만큼 자연스럽게 변화를 해야 합니다.

낭독할 때 조사, 어미가 자연스럽게 변화하지 못하고 매번 똑같이 처리된다면, 내용의 온전한 이해를 방해할뿐더러 글의 의도와는 다른 특정한 이미지를 청자에게 심어주게 되고 이것이 청자가 내용을 이해할 때 방해가 되는, 발화자의 특유하고 규칙적인 습관인 '쪼'가 됩니다.

조사나 어미를 한결같이 같은 패턴으로 발화하며 낭독하고 있다면 필요할 때마다 유연하게 변화하는 당신의 말을 얼른 떠올리세요. 그 자연스러운 어조를 낭독에도 적용시킬 수 있어야 소리 내 읽어대기만 하는 음독이 아닌 화자의 생각과 감정까지 전하는 '낭독'

을 할 수 있습니다.

속도, 사이, 강조를 활용해 어조를 완성하세요

어미 발화의 변화만으로 자연스러운 어조가 형성되지는 않습니다. 속도, 사이, 강조와 함께 어우러져야 메시지에 적합한 어미 발화를 할 수 있고, 나아가 고유하고 자연스러운 어조가 생깁니다. 일정한 속도와 사이, 강조 없는 밋밋함 속에서 어미를 다르게 발화한들 — 이 상황에서는 제대로 발화할 수도 없지만 — 메시지의 특징과 분위기가 잘 살아 있는 어조를 형성할 수 없습니다. 어색하게 말하는 기계음처럼 들릴 뿐입니다.

좋아하는 노래 한 곡을 떠올리면 쉽게 이해할 수 있을 겁니다. 노래는 일상의 말과 닮아 있습니다. 입말의 여러 조건이 조금 더 부각되어 담겨 있죠. 도입부와 후렴 부분까지 이어 들어보면 속도와 사이가 어떻게 변화하고, 어느 부분에서 어떤 크기로 강조를 사용하며, 사이 두는 지점의 조사나 어미는 어떻게 같거나 다르게 발화하는지 알 수 있습니다. 그리고 그것들이 모여 어떻게 노래의 고유한 리듬, 즉 어조를 만드는지 말이죠. 물론 이것은 섬세하게 구별해 들을 수 있는 청력이 있어야 가능합니다. 차이를 구분하는 능력은 처음부터 생기지 않으니 '의지를 가지고 듣는 연습'을 꾸준히 해보세요.

강조, 사이, 속도, 어미의 처리도 전하려는 메시지에 맞게 사용해야 자연스럽게 어조가 생깁니다. "밥.... 먹었.. 어?" 하고 '밥'을 강하고 급하게 뱉은 후 한참 사이를 두다 천천히 '먹었', 또 조금 쉬다 '어?'를 조심스럽게 올리며 말하는 것과 지나가는 인사말로 한 호흡에 "밥 먹었어?" 끝을 빨리 시원하게 올리며 말하는 것은 메시지는 같아도 속뜻은 확연히 다릅니다.

섬세하게 세팅한 여러 조건에서 다른 어조가 생깁니다. 화자의 의도와 계산대로 속도와 사이, 강조를 사용해야 자연스럽게 어조가 형성되는 것이죠. 톱니가 맞물려야 돌아갈 수 있듯 여러 조건이 아주 정교하게 맞물려 이루어진 것이 말이고 낭독입니다. 나 잘났다고 혼자 살 순 없는 게 세상인 것처럼요.

조사와 어미의 어조를 살리는 방법

낭독이 음독처럼 들리는 이유 중 하나는 조사와 어미의 느낌이 같기 때문입니다. 변화하며 흐르는 이야기를 따라 낭독한다고는 하는데 매번 같거나, 어떻게 해야 할지 모르겠다면 아래 소개하는 팁을 참고하세요.

① 먼저 자신의 낭독을 녹음하고 내용을 원고로 준비합니다. 이때 줄 사이 간격을 두 줄 정도로 조금 여유 있게 합니다.

② 녹음을 들으며 문장 위에 속도, 사이, 강조, 어미 처리 등을 나름의 기호로 표시합니다. 일테면 속도는 '빠~, 중~, 느~', 사이는 'ᐯ, /, //, ///', 강조는 '·, ··, ···', 어미는 '↗, →, ↘' 혹은 물결 모양 화살표로 표기하는 식입니다. 처음에는 구별이 안 되더라도 이런 식으로 체크하며 듣다 보면 자신이 어디에서 어떻게 속도와 사이, 강조를 사용했고 어미 처리는 올렸는지, 늘였는지, 내렸는지, 또 내리더라도 강하게 짧게, 혹은 부드럽게 살짝, 혹은 길게 늘이며 했는지와 같이 섬세한 처리가 들립니다.

③ 모니터링을 한 결과 한두 가지의 고정된 패턴으로만 발화했다면 해당 지점을 다른 느낌으로 발화해 봅니다. 예를 들어, 한 문장에서 어미를 다 힘없이 늘이며 내리기만 했다면 그중 한두 곳의 어미를 살짝 혹은 강하게 올리거나, 늘이는 등 다른 느낌으로 말이죠. 역시 녹음하고 처음의 것과 비교해 들으며 차이를 느껴보세요.

④ ③이 잘 안 될 때는 해당 문장의 종결어미를 일상에서 말하듯 최대한 자연스럽게 바꿔 여러 번 말해봅니다. 다양한 상황을 상상하면서요. 그렇게 말의 자연스러움을 찾은 뒤 다시 녹음을 하고 어미를 어떻게 말했는지 섬세하게 듣습니다. 처음의 녹음과도 비교하며 듣기를 반복합니다. 이 과정을 통해 텍스트에 맞는 최상의 발화를 찾을 수 있습니다.

그 밖의 입말의 조건들

발음, 호흡과 발성, 사이, 속도, 강조, 어조 외에도 낭독할 때 필요한 입말의 조건으로 음색, 변조, 명암 등이 있습니다.

나만의 고유한 소리, 음색

음색(音色)은 말 그대로 소리가 가지고 있는 고유의 색깔을 말합니다. 다분히 주관적인 영역이죠. 누군가는 저의 음색을 맑다고 할수 있지만, 누군가는 탁하다고 생각할 수 있습니다. 음색의 구별 기준이 모호하고 그것을 구분하고 받아들이는 민감도가 저마다 다르기 때문입니다.

또 각자가 선호하는 음색도 다릅니다. 허스키한 소리를 좋아하는 사람이 있는 한편, 맑거나 혹은 울림이 풍부하고 부드러운 소리를 좋아하는 사람도 있죠. 음색에 대한 호불호는 개인의 취향 문제입니다.

'낭독할 때 어떤 음색이 좋은가?'라는 질문을 받을 때가 있습니다. '좋은 음색'에 대해서는 정의 내리기 자체가 무의미한 일이지만 그럼에도 불구하고 정의해야 한다면 '오래 들어도 내용의 이해와 몰입을 방해하지 않을 정도의 소리'라고 할 수 있겠죠. 하지만 이 역시 판단이 주관적일 수밖에 없다는 한계가 있습니다.

30여 년 목소리에 표정을 입혀 메시지를 전하는 일을 하고 또 가르치다 보니, 화자로서 이야기에 몰입하고 청자를 생각하며 읽는 소리는 다 좋은 소리라고 생각합니다. 우리는 다양성과 독창성이 더할 나위 없이 존중되는 시대에 살고 있습니다. 저마다 가진 고유한 소리로 텍스트에 숨을 불어 넣어보세요.

상황 변화를 효과적으로 전달하는 변조

변조(變調)는 낭독 상태의 변화를 말합니다.

나는 강아지를 껴안고 잠이 들었다.

기분 좋은 단잠이었다.

꿈속에서 강아지는 나를 계속 핥아주고 있다.

부드럽다. 아주 부드럽다. 포근하고 따뜻하다.

'잠에서 깨고 있는 이 순간까지도

여전히 우리 강아지는 나를 핥아주고 있구나.'

고마움과 사랑스러움을 느끼며 천천히 눈을 뜬 순간

이상하다? 우리 강아지가 조금 커져 있다. 아니 많이…….

아뿔싸! 사자 한 마리가 배시시 웃으며 나를 쳐다보고 있다!

위의 이야기를 소리 내어 읽어보세요. 마지막 문장을 어떻게 발화했나요? 그 전 문장들과는 조금 다른, 뭔가가 있었죠? 미진한 느낌이라도 말입니다.

저는 사자를 인식하는 시간이 필요해 '이상하다? 우리 강아지가 조금 커져 있다. 아니 많이……' 다음 사이를 두었고, 마지막 문장인 '아뿔싸! 사자 한 마리가 배시시 웃으며 나를 쳐다보고 있다!'에서는 호흡이 조금 급하게 변했으며, 속도가 조금 빨라졌고, 당혹스럽고 두려운 감정을 표현하기 위해 공기 반 소리 반의 느낌으로 띄워 읽었습니다. 또 다른 여러 가지의 스타일로 상황의 변화를 설명할 수 있겠죠.

이렇게 이야기의 '전환'에 따라 오는 어투의 변화를 변조라 합니다. 호흡이나 사이, 속도에 변화를 주는 등의 방법으로 감정이나 장면(scene)의 변화와 같은 상황 변화를 청자에게 효과적으로 전달하기 위해 사용합니다.

의미와 정서를 효과적으로 전달하는 명암
명암(明暗)은 음성의 밝고 어두운 변화를 이용해 의미와 정서를 전달하는 것으로, 보통 변조를 동반합니다. 우리는 명암을 적시에 효과적으로 사용하며 말합니다. 일부러 의도하지 않아도 날아갈 듯

신나고 기쁠 때는 음성이 높고 느낌도 밝아지죠. 암울하고 슬플 때는 차분하고 어두워집니다. 메시지의 밝고 어두움 등 분위기를 목소리에 담아 잘 표현하고 있는 거죠.

낭독에서 역시 청자에게 메시지를 최대한 효과적으로 전달하기 위해 명암이 사용됩니다. 아이에게 동화를 읽어줄 때를 생각해 보세요. 신나는 내용을 말할 때, 갑자기 무슨 일이 벌어져 궁금하거나 슬픈 내용을 말할 때, 목소리는 그에 맞춰 한껏 밝아지기도 어두워지기도 했을 겁니다.

소리의 밝고 어두움 역시 지극히 개인적인 느낌에 관한 것입니다. 여기서는 우리가 텍스트를 이야기로 받아들일 수 있다면 명암 역시 자연스럽게 사용할 수 있다는 것 정도로만 알아두겠습니다.

4장

독서 효과를 높이는

소
리
내
어

읽
기

기
술

세 명이 한 줄에 있습니다. 화자와 청자, 그 사이에 낭독자가 있죠. 화자가 되어 청자를 생각하며 이야기하는 사람이 낭독자니까요. 낭독은 이 셋이 이루는 하모니입니다. '내 안에 너 있다'처럼 낭독자 안에 화자와 청자가 있습니다. 화자가 생각하고 느끼는 흐름에 따라 발화하고, 그것을 청자인 내가 듣고(물론 다른 청자도 있습니다), 그 반응은 다시 낭독자인 나에게 전해져 이어지는 다음 메시지 발화에 영향을 미치니까요. 화자의 생각과 감정을 섬세하게 담아내기 위해 노력해야 합니다. 4장에서는 어떻게 해야 화자에 더 다가갈 수 있을지, 화자를 담는 그릇, 낭독자에 대해 알아봅니다.

장르를 알면 화법이 보인다

'문학, 예술에서의 부문, 종류, 양식, 형 따위에 따른 갈래.'

국어사전에 나와 있는 장르(Genre)의 정의입니다. 문학의 경우만 봐도 다양하고 세분화되어 있는데 보통 우리가 말하는 시, 소설, 희곡, 수필 등이 장르에 따른 분류라고 할 수 있습니다. 판단이 임의적이고 주관적이면서 경계가 모호하기 때문에 장르에 따른 분류, 장르문학이란 의미 없는 논쟁이라는 주장들도 있죠.

하지만 우리가 여기서 장르를 이야기하는 이유는 따로 있습니다. 장르에서 대략의 발화 스타일이 결정되고 그것은 낭독자 화법의 일부로 이어지기 때문입니다. 같은 주제라 하더라도 뉴스와 시의 발화의 느낌이 다르다는 것을 생각하면 장르가 어떻게 발화 스타일에 영향을 미치는지 잘 알 수 있죠. 시시각각 변화하는 화자의 생각과 감정으로 인해 속도와 사이, 강조 등 입말의 조건들이 변화하며 발화된다는 기본 전제는 같지만, 뉴스 등의 기사문을 낭독할 때와 시의 발화는 달라질 수밖에 없습니다.

뉴스는 건조하고 딱딱하게, 시는 정서를 듬뿍 담아 부드럽게, 수필은 그 중간 정도라고 할까요? 소리를 인지하는 정도에 차이가 있어 듣는 이마다 약간은 다를 수 있지만, 어쨌든 우리는 뉴스나 시, 수필을 들을 때 세 장르의 발화 느낌이 전체적으로 조금씩 다르다고 생각합니다.

화법(話法)은 커뮤니케이션의 목적을 달성하기 위해 화자가 사용하는 말하기 방식을 말하죠. 이제는 일상의 대화에서도 아주 편안하게 사용해 낯설지 않은 단어입니다. 보통 화법은 어휘를 포함한 내용과 그의 발화법을 함께 얘기합니다. 이야기의 내용은 이미 정해져 있으니, 낭독자는 주어진 내용을 어떻게 효과적으로 청자에게 가닿게 할 것인지만 생각하면 되겠죠. 그것을 위해서는 이야기에 따라 조금씩 달라지는 화법의 특성을 알아야 합니다.

말의 목적에 따라 화법이 달라진다

장르가 달라지면 왜 발화도 차이가 나는 걸까요? 말의 '목적'이 달라지기 때문입니다. 크게는 '전달'이냐 '공감과 설득'이냐에 따라 달라집니다. 낭독자의 주관적 감정이 느껴지는 발화는 청자의 이해에 영향을 미칩니다. 그래서 '객관적 진실'의 전달이 중요한 장르인 뉴스에서는 가급적 발화자의 정서가 느껴지지 않도록 단정적이며 건조하게 낭독을 합니다. 물론 여기에서도 역시 감성이 묻어날 수 있지만 — 아예 감성이 묻어나지 않는 발화란 불가능하다 — 청자가 최대한 '사실(Fact)'에 집중할 수 있도록 발화의 느낌을 조절하는 겁니다.

반대로 시처럼 정서의 공유를 통해 공감하게 하려는 글의 발화는 뉴스와 확연히 다르죠. 발성과 호흡, 사이, 속도, 어미의 발화 등에서 차이가 납니다. 비교적 많이 쉬고 늘이고 느리며 부드러운, 차이가 있죠.

글의 목적이 '전달'이냐 '공감과 설득'이냐에 따라 발화에 차이가 생기지만, 세부 목적이나 방법에 따라서도 발화는 차이를 보입니다. '설득'을 목적으로 하더라도 강하게 혹은 부드럽게 혹은 슬픔이나 유쾌함을 잘 살려서 등 다양하게 발화할 수 있으니까요.

예를 들어볼까요? FM 라디오 음악방송은 '정서 공유와 치유'의 목적을 가진 채널이죠. 음악이라는 매개를 통해 청취자들과 소통하며 삶의 고단함을 덜어주는 역할을 합니다. 같은 역할을 담당하지만, 하루를 시작하는 아침 방송은 청자에게 활기차게 하루를 시작하는 에너지를 전해야 하는 세부 목적이 있습니다. 진행자의 목소리는 통통 튀고 밝고 크며, 말의 속도 역시 조금 빠른 느낌을 줍니다.

반면 잠을 이룰 수 있는 사람들은 이미 다 잠든 늦은 밤에 하는 방송은 다릅니다. 세상은 아주 조용하고, 사람들은 여유 있게 생각하며 느낄 수 있는 시간을 원하죠. 이성보다는 감성이 활동하기 좋은 때입니다. 그래서 이 시간대 방송의 진행자는 시원시원하고 크고 빠르게 말하는 대신 조근조근 속삭이듯 느리게 말합니다. 사용하는 단어도 당연히 아침보다는 감성적인 어휘들이 많을 것이고, 조사나 어미의 처리 역시 조금 더 부드럽게 올라가거나 늘이며 내려가겠죠.

'음악을 통한 소통과 공감'이라는 지향점은 같더라도 청자에게 활력 있는 에너지를 줄 것이냐, 혹은 편안한 안정을 줄 것이냐와 같은 세부 목적에 따라 화법은 달라집니다.

화자의 시선을 알면 화법이 보인다

우리는 저마다의 시선으로 일상을 경험합니다. 그리고 그 이야기의 화자가 되어 살고 있습니다. 화자는 말 그대로 이야기하는 사람을 뜻하죠.

수필이든 소설이든 모든 이야기는 화자의 시선에서 이야기를 전개해 나갑니다. 작가 자신이 화자인 '나'가 되기도 하고 여러 시점의 화자가 등장하기도 합니다. 특히 소설의 경우 '나'의 시선에서 나의 이야기나 타인의 이야기를 하기도 하고, 이야기에 등장하지 않는 삼자의 시선에서 주인공의 이야기를 하기도 하죠. 이를 시점(이야기의 주체인 화자가 이야기를 풀어내는 방식)이라고 하는데 이야기의 주체, 그리고 이야기를 바라보는 거리와 태도에 따라 1인칭 주인공 시점, 1인칭 관찰자 시점, 전지적 작가 시점, 3인칭 작가 관찰자 시점 등으로 나눕니다.

낭독은 이야기의 주체인 화자를 대리해 청자에게 들려주는 행위입니다. 그러니 어떤 시선에서 이야기를 풀어나가는지 아는 것은 중요합니다.

화자가 누구인지 파악하라

지금부터 네 명의 다른 시선으로 나의 이야기를 할 겁니다. 각각의 화자를 맞춰보세요.

나는 선량하고 소박한 부모 아래 태어나 공부는 그리 열심히 안 했지만 그래도 모난 구석 없이 건강하게 스무 살을 맞았다. 대학에 가기 위해 고향집을 떠난 나는 두려웠다. 하지만 그 두려움이 새로운 삶에 대한 기대와 설렘을 이길 수는 없었다.

미진은 선량하고 소박한 부모 아래 태어나 공부는 그리 열심히 안 했지만 그래도 모난 구석 없이 건강하게 스무 살을 맞았다. 대학에 가기 위해 고향집을 떠난 그녀는 두려웠다고 했다. 하지만 그 두려움이 새로운 삶에 대한 기대와 설렘을 이길 수는 없었다고 나에게 말했다.

미진은 선량하고 소박한 부모 아래 태어나 공부는 그리 열심히 안 했지만 그래도 모난 구석 없이 건강하게 스무 살을 맞았다. 대학에 가기 위해 고향집을 떠난 그녀는 두려웠다. 하지만 그 두려움이 새로운 삶에 대한 기대와 설렘을 이길 수는 없었다.

미진은 선량하고 소박한 부모 아래 태어나 공부는 그리 열심히 안 했지만 그래도 모난 구석 없이 건강하게 스무 살을 맞았다. 대학에 가기 위해 고향집을 떠난 그녀는 두려워 보였다. 하지만 그 두려움이 새로운 삶에 대한 기대와 설렘을 이길 수는 없는 듯 보였다.

화자의 위치와 이야기를 하는 태도를 네 가지 시선에서 특징적으로 풀어봤습니다. 각각의 글의 시점, 즉 화자를 파악했나요? 1인칭 주인공, 1인칭 관찰자, 전지적 작가, 3인칭 작가 관찰자 시점 순이 되겠네요.

화자의 위치와 태도를 파악하라

낭독자에게는 화자의 시선, 즉 화자가 어떤 위치에서 어떤 태도로 이야기를 하는가가 중요합니다. 이야기나 등장인물과 어느 정도의 거리를 두고 어느 정도로 내면에 깊숙이 들어가 생각과 감정을 표현하느냐가 달려 있으니까요.

화자는 이야기 안 등장인물로서 위치하느냐 밖에 위치하느냐에 따라 1인칭과 3인칭으로 나뉩니다. 1인칭의 경우 '나'의 관점에서 나의 이야기를, 혹은 그나 그들의 이야기를 하죠. 이렇게 화자가 이야기 속 인물인 '나'인 경우 100퍼센트 나의 주관적 시각에서 말을 해야 합니다.

주인공 시점은 생각과 감정 등의 정서를 드러내는 부분이 많고 그 수위도 높습니다. 그러니 낭독자 역시 철저히 주인공인 '나'가 되어 생각하고 느끼며 발화하려고 해야 합니다. 1인칭의 나이지만 관찰자로서 말하는 경우 역시 '나'의 주관적 시선에서 주인공의 이야기를 합니다. 하지만 주인공의 내면은 직접 듣지 않는 이상 속속들이 알 수 없기에 단지 나의 입장에서 보이고 생각되는 것들을 이야기할 뿐입니다.

　　주인공이든 관찰자이든 1인칭의 경우 낭독자는 '주관성'을 어떻게 표현해내야 하는지를 고민해야 합니다. 화자를 정확히 알고 화자가 돼 이야기에 몰입하면 자연히 해결되지만 감이 안 온다면 TV나 영화에서 등장인물이 독백할 때의 말투를 떠올리면 표피적으로나마 도움이 될 겁니다.

　　화자가 이야기 밖에 위치할 수도 있습니다. 전지적 작가 시점과 3인칭 관찰자 시점인데요. 이 경우 화자는 이야기 안이 아닌 밖에 있기 때문에 주인공과 사건을 삼자의 객관적 시선에서 말합니다. 전지적 작가 시점의 경우는 객관성을 유지하며 일정한 거리를 두다가도 때론 등장인물 속으로 들어가 그들의 생각과 감정까지 꿰뚫어 함께 느낍니다. 전지전능한 신처럼 말이죠. 그러니 낭독자도 담담하고 건조하게, 때로는 마치 등장인물인 그가 생각하고 느끼듯 주관적으로 느끼며 발화하려고 노력해야 합니다.

화자를 분석하라

결국 낭독자의 화법은 '화자'에게서 시작됩니다. 화자를 깊게 이해해야 그의 이야기 스타일인 화법을 알 수 있고 화자의 아바타가 되어 그의 말을 할 수 있으니까요.

문학이든 비문학이든 장르와 상관없이 나의 이야기를 나의 입을 통해 이야기하는 경우에는 화자를 분석하기가 그리 어렵지 않습니다. 글의 내용과 어투, 다시 말해 문체 등에 화자는 어느 정도 드러나 있죠. 나이, 성별, 고향, 직업, 성향에서부터 이 주제를 이야기하는 이유와 주제를 전개하는 방식, 사소한 표현에서 느껴지는 정서와 어투 등을 살피면 화자는 '어떤 느낌의 나인지' 거칠더라도 약간의 '감'이 옵니다. 지금 당신이 이 책의 화자인 저를 짐작하듯 말입니다. 그리고 그 '감'을 바탕으로 이야기를 따라 발화하다 보면 어느새 점점 화자와의 거리가 줄어들고 있음을 낭독자는 느끼게 됩니다.

화자가 이야기에 속해 있지 않은 경우는 좀 더 섬세한 분석이 필요합니다. '화자가 누구인지' 일차적 물음에 답하는 것조차 쉬운 일이 아닐 수 있어요. 화자가 철저하게 극 중 인물의 입장에서 생각하고 느끼는 것인지, 극 중 인물의 생각과 감정을 극 밖에 있는 화자의 입장에서 얘기하는 것인지, 단순히 극 밖에서 사건을 서술하고 있는 것인지……. 이야기 전개에 맞춰 등장하는 생각과 감정 등에 관한 서술 대목은 어느 위치에서 낭독해야 할지를 혼란스럽게 만들기도 하죠.

물론 전개 방식과 어투 등에서 화자의 화법을 표피적으로 엿볼 수는 있지만, 집요하고 섬세한 관찰과 이야기를 정확히 이해하려는 노력이 없다면 화자의 대리인인 낭독자는 이도 저도 아닌 불안한 낭독을 들려줄 수밖에 없습니다. 정확한 위치를 알아야 중심을 잡을 수 있어 그 안에서 캐릭터의 개성 있는 어조를 표현하는 것 같은 섬세한 발화도 가능하니까요.

화자를 정확히 알고 느끼며 표현하려는 노력의 과정이 낭독입니다. 그래야 작가의 이야기가 왜곡 없이 청자에게 잘 전해질 수 있음을 잊지 마세요.

TIP

이 책의 화자를 파악해 보세요!

눈치 빠른 독자들은 이미 알아챘겠지만 이 책 역시 소리 내어 읽기 좋게 구성했습니다. 작가이자 화자인 저의 시선에서 이야기하는 이 책부터 낭독해 볼까요?
글을 들여다보세요. 내용과 흐름, 표현법 등을 살피면 작가이자 화자인 저의 성향과 생각과 감정을 알 수 있을 겁니다. 저의 개인적인 이야기를 간간이 섞어 '소리 내어 읽기'에 관한 이야기를 하고 있습니다.
때로는 주관적이기도, 객관적이기도 합니다. 감성적이거나 부드럽게, 때로는 단정적이거나 확신에 차 말을 하는 임미진이 상상이 될 겁니다. 화자인 '나' 임미진에 관해 충분히 관찰하고 생각한 후 소리 내 읽습니다. 당신이 그린 대로 화자의 아바타가 되어 말해 보세요.

구체적으로 청자를 상상하라

뜬금없이 생각나 하루를 지배하는 노래가 있죠. 오늘은 이 노래네요. '당신만을 사랑해. 당신만을 사랑해. 정말 정~말 사랑해.' 가수 혜은이의 <당신만을 사랑해>라는 곡입니다. 멀리 떨어져 있는 연인을 향한 절절한 마음을 참 잘 표현해 불렀어요. 사무치게 그리운 심정을 오직 당신만을 사랑한다는 다짐 섞인 말로 마무리합니다.

사랑에 빠진 사람뿐인가요? 당신만을 향해 있는 절절한 마음은 낭독을 듣는 청자 역시 가지고 있습니다. 정확히 말하자면 가질 수밖에 없는 거죠. 당신의 낭독을 통해야 작가의 이야기를 경험할 수 있으니 '낭독자인 당신만을' 의지할 수밖에 없습니다. 그러니 청자가 이야기를 잘못 이해하는 일이 없도록, 작가의 의도와 다르게 이해하는 일이 없도록 노력해야 하는 건 당연합니다. 낭독자가 먼저 이야기를 잘 받아들이고 입말의 여러 조건을 이용해 곡해의 여지없이 발화합니다. '화자의 생각과 감정'에 맞게 청자에게 전달되고 있는지를 항상 염두에 두면서 말이죠.

말을 주 매개로 하는 모든 소통에서 듣는 사람이 중요합니다. 내가 말을 한다는 것은 그것을 받아들이는 이가 있음을 전제하는 것이죠. 듣는 상대가 없다면 말하는 내가 있을 리 없고 말의 내용 또한 무용지물입니다. 상대가 들어줘야 다음 말을 이어 할 수 있는 것이고요. 청자인 그가 있어야 내 말이 존재하고 목적성을 유지할 수 있습니다. 그러니 계속 청자를 생각하며 말해야 합니다.

책을 통해 이야기하고 있는 작가 역시 본인의 말이 가닿게 하고 싶은 대상들이 있습니다. 물론 불특정의 많은 사람에게 사랑을 받는 것이 기쁨이자 보람이겠지만, 분명 작가는 들려주고 싶은 대상을 생각하며 하고 싶은 이야기를 글로 씁니다. 그것을 잊지 않아야 본인의 말이 중심을 잃지 않으니까요.

먹어 왔던 음식과 삶의 이야기를 고향 음식에 대한 향수를 품고 있는 사람들과 다른 시절의 정서와 맛을 느끼게 해주고 싶은 사람들에게 이야기할 수도 있습니다. 바른말이 가진 힘과 정확한 발음을 알리기 위해 우리말을 사랑하는 사람들과 방송인들에게 이야기할 수도 있고요. 보편적인 삶을 살고 있는 현재의 여성들에게, 그리고 동시대를 사는 사람들에게 여성이라는 '성'의 틀 속에 갇힌 삶을 제대로 응시할 필요가 있음을 소설이라는 장르를 통해 이야기하기도 합니다.

이 책을 통해 작가이자 화자인 저는 '낭독'이란 것이 당신의 삶을 바꿀 수 있음과 그 방법을, 중심을 잡고 삶을 경험하고 싶은 당신과

'소리 내어 읽기'가 낯선 당신에게, 또 방법을 몰라 헤매고 있는 당신에게 이야기하고 있습니다. 저는 지금 당신을 떠올리며 이야기합니다. 내 말들이 의미를 잃게 하고 싶지 않으니까요.

작가의 대리인인 당신도 구체적으로 청자를 상상하며 낭독하세요. 듣는 이를 생각하며 들려주는 낭독과 그렇지 않은 낭독에는 분명 차이가 있습니다. 목표를 집중해 바라보고 당겨야 활은 정확히 목적한 곳에 꽂힙니다. 시선이 흔들리면 시위를 벗어난 활은 허무한 비행을 하다 떨어지고 맙니다. 당신의 낭독이 의미를 갖게 되길 바랍니다.

청자를 상상하며 소리 내어 읽기 연습 _{TIP}

당신 앞에 의자를 하나 놓아두세요. 실제로 놓아두면 더 좋고 상상 속에 놓아두어도 좋습니다. 그리고 당신의 이야기를 들을 필요가 있는 구체적인 청자 한 명을 자리에 앉히고 그에게 이야기하며 반응을 상상해 보세요. 청자를 인식하는 연습을 하는 겁니다. 익숙해지면 당신 앞에 앉아 있는 한 명의 그는 그들이 되고, 다시 이야기를 필요로 하는 전체 청자로 확대됩니다.

이야기를 듣는 그와 함께 낭독자인 당신 역시 청자가 됩니다. 입으로 이야기를 하고 동시에 귀로 들으며 청자로서 이해하고 반응하고 그 반응은 다시 화자로서 이야기하는 당신에게 반영이 되겠죠. 그러면서 호흡이나 속도나 사이, 강조, 어조 등 여러 입말의 조건이 조금씩 변화할 겁니다. 그렇게 낭독자도 화자이자 청자가 되는 것이죠. 지금 이 얘기를 당신 바로 앞 의자에 앉아 있는 그에게 저를 대신해 말해 보세요.

낭독자가 꼭 알아야 할 '4W-1H' 원칙

오늘 6시 32분 서울 지역에 경계경보 발령. 국민 여러분께서는 대피할 준비를 하시고, 어린이와 노약자가 우선 대피할 수 있도록 해주시기 바랍니다.

얼마 전 받은 경계경보 문자입니다. '이게 뭐지?' 바로 포털 사이트 검색을 하고 전화를 돌리고. 잠깐 당황스러운 시간을 보낸 끝에 오발령이었다는 문자를 받으며 해프닝으로 끝이 난 일이 있었습니다. '경보 시스템의 취약점이 드러났다'는 등 언론의 질타가 이어졌고 문자에서 중요한 내용이 빠졌다는 지적도 있었습니다.

제가 당황했던 이유도 그거였죠. '왜'와 '어떻게'가 빠진 문자. 왜 경계경보가 내려졌으며 어디로 대피를 해야 하는지 핵심 내용이 빠진 채 흡사 위험하니 알아서 준비하라는 듯 느껴지는 문자였기 때문입니다.

보도기사 등에서 문장을 쓸 때는 '누가(WHO)', '언제(WHEN)', '어디서(WHERE)', '무엇을(WHAT)', '어떻게(HOW)', '왜(WHY)'라는 육하원칙(5W-1H)을 지켜야 한다고 얘기합니다. 핵심을 바로 파악할 수 있기에 보도기사 이외의 다양한 분야에서도 활용되고 있는데요. 같은 이유로 낭독에서는 '누가', '무엇을', '누구에게', '왜', '어떻게'라는 '4W-1H', 오하원칙이 중요합니다. 낭독자가 정확하게 자신의 위치를 알고, 낭독이 이루어지는 내내 중심을 잃지 않기 위해 중요한 요소들이지요.

1. 누가 이야기하고 있는가

낭독자인 나는 누구를 대리해 이야기해야 하는가. 화자가 되어 낭독해야 하는 낭독자에게 이는 화자가 누구인지 알려주는 중요한 요소죠. 그를 대신해 이야기의 주체가 되어 낭독하려면 이야기에서 드러난 정보들을 통해 화자가 어떤 생각과 감정을 가진 인물인지 섬세하게 파악해야 합니다.

작가 자신이 화자인 글에서는 화자에 대해 파악하는 것이 그리 복잡하지는 않지만 소설의 경우 화자의 시점을 잘 파악해야 낭독의 전체적인 톤이 제대로 나옵니다. 여기서 톤은 비단 음의 높고 낮음만을 이야기하는 것이 아닌, 낭독의 전체적인 분위기라고 해두겠습니다. 물론 굳이 시점을 파악하지 않더라도 내용을 섬세하게 이해하며 읽다 보면, 낭독자가 이야기와 이야기에 등장하는 인물의 생각과 감정에 어느 정도의 거리를 두며 생각하고 느껴야 하는지 그

거리와 깊이를 알아 낭독의 톤을 조절할 수 있습니다. 그러나 처음부터 알고 낭독할 수 있다면 청자의 몰입을 보다 빨리 불러올 수 있겠죠. 내가 누구인지 알아야 낭독할 수 있습니다.

2. 무엇을 이야기하고 있는가

우리는 작가가 무엇을 이야기하고 있는지 알아야 합니다. 배우에게 필요한 목소리와 그것의 연습방법을, 금요일 밤 혼술하며 감상하기 좋은 영화들을, 낭독의 좋은 점과 방법을, 대자연의 예찬과 문명사회에 대한 통렬한 비판을, 난설헌의 삶과 그의 시들을, 일테면 이런 것들이죠. 낭독하는 동안 더 즉각적이고 구체적으로도 얘기할 수 있어야겠죠.

내가 입 밖으로 소리 내어 읽는 것들이 무엇에 관한 것인지 계속 견지하고 있어야 합니다. 책 한 권을 낭독한다고 상상해 보세요. 짧은 글을 낭독해도 편안하고 오롯한 집중이 없으면 기계적으로 입만 움직이게 되는 경우가 있습니다. 내가 무엇을 하고 있는지 인지하지 못하는 채로 말이죠.

책 한 권을 낭독하는 일은 쉬운 일이 아닙니다. 화자의 아바타가 되어 계속 낭독할 수 있으려면 무엇을 하고 있는지 명확하게 인식하고 있어야 하고 항상 현재에 있어야 합니다. 잠깐이라 모를 것 같지만 낭독자가 몰입 없이 글만 읽어대는지 아닌지, 청자는 금방 알아챕니다. '잠깐 딴생각을 하다 화자가 되어 다시 집중하고 있구나.'

낭독이 중심을 잃고 있는지 아닌지, 당신만을 향해 있는 청자는 바로 압니다.

3. 누구에게 이야기하는가

작가의 이야기가, 나의 낭독이 가닿아야 하는 대상인 청자를 말하죠. 해당 이야기가 필요한 대상들을 살펴보고 전체를 대변할 수 있는 구체적인 한 명을 상상합니다. 막연하게 불특정한 다수라고 생각할 수도 있지만 섬세하게 대상을 나눠보세요. 막연함을 버리면 그 이야기가 필요한 다양하고 많은 청자가 보입니다. 그리고 그에게 들려주듯 낭독하면 들려주는 대상이 명확하기에 글의 방향성과 목적성이 분명해지며 어디선가 당신의 낭독을 듣고 있을 청자도 쉽게 이야기에 몰입할 수 있고 낭독자인 당신 역시 보다 빨리 화자의 아바타가 되어 발화할 수 있습니다.

4. 왜 이야기하고 있는가

저는 지금 이 이야기들을 왜 하고 있을까요? 모르는 당신에게 알려주고 설득하고 싶어서입니다. 아직 당신의 관심 밖에 있을지 모르는 '소리 내어 읽기'라는 행위가 부초처럼 흔들리는 당신을 든든하게 잡아주기에 충분하다는 것을 말입니다. 이제는 당신 삶의 한 편을 '낭독'으로 채워나가라 설득하고 싶어서입니다. 그래서 밝혀진 낭독의 이점과 방법들을 저의 경험과 섞어 당신에게 이야기하고 싶은 것입니다.

　당신이 어디에서 무엇을 하든 전체를 꿰뚫는 질문인 '왜'는 낭독에서도 중요합니다. 낭독은 목적이 있는 소통 행위니까요. '작가의 의도대로 청자가 이야기를 이해하고 설득되는 것'이란 숨은 바람과 목적 말입니다. '자유롭게 받아들이고 생각할 수 있으면 좋겠다'라는 작가의 말 역시 내면에 품고 있을 바람을 표현한 표피적인 말일 뿐입니다.

　'왜'는 '어떻게'와 함께 전체적인 낭독의 분위기를 형성하는 역할을 합니다. '위로하고 싶어서', '사실을 알리고 경각심을 갖게 하고 싶어서', '느끼게 하고 싶어서' 등 글의 목적은 내용, 어투 등과 어우러져 낭독자의 전체적인 발화 분위기에 영향을 줍니다. 그때그때 내용에 따라 달라지니 시종일관 그럴 수야 없지만 천천히 부드럽게, 감정을 최대한 배제하고 객관적으로 혹은 심각하게 등 낭독자가 발화하는 스타일에 영향을 미칩니다.

　5. 어떻게 이야기하고 싶은가

　'누가, 무엇을, 누구에게, 왜'를 알면 어느 정도 해결되는 것이 '어떻게'입니다. 어떻게 낭독을 할 것인지는 위의 네 가지를 분명히 파악하고 천천히 내용을 따라가면 됩니다. 문체 등에 글의 분위기, 즉 낭독의 분위기가 나와 있으니까요. 이야기의 크고 작은 변화의 흐름에 따라 당신의 낭독도 조금씩 달라집니다.

이 책을 낭독한다고 가정하고 4W-1H를 이용해 정리해 볼까요?

누가 - 작가이자 화자인 임미진(의 대리인)인 나(낭독자)는

무엇을 - 낭독의 이점과 구체적 방법들을

누구에게 - 중심을 찾고 싶은 당신과 낭독이 궁금한 당신에게

왜 - 낭독이 당신 삶에 든든한 지지대가 될 수 있음을 알리고 설득하기 위해

어떻게 - 온화하고 부드럽지만 때로는 단정적이고 단호하게 이야기하듯 낭독합니다.

4W-1H를 알아야 합니다. 핵심을 알고 접근하는 것은 중요하니까요.

소리 감성을 활용하라

'의미와 상관없이 발화된 소리 자체가 갖는 감성이 있다. 그래서 계속 같은 느낌이 들게 발화하는 것은 자연스럽지 않다.'

어제 낭독 모임에서 한 이야기입니다. 유독 몇몇 낭독자가 계속 어미를 늘이듯 올리며 읽었거든요. 한 문장 안에서도 여러 번을요. 그래서 "올리지 말고 다르게 발화해 볼까요?" 했더니 이번에는 올렸던 조사, 어미를 다 늘이면서 내렸습니다. 그래서 이렇게 질문했습니다.

"조사, 어미를 이렇게 늘이듯 올리는 발화는 어떤 느낌을 들게 하나요?"
"늘이면서 내리는 발화는 또 어떤 느낌이 드나요?"

말에 담긴 의미는 차치하고 소리 자체에서 감지되는 느낌이 있습니다. 강하고 힘이 있다거나, 어둡다거나, 힘이 없다거나, 상냥하고 친절하다거나, 그 외에도 수없이 다양한 느낌이 우리의 입을 통해 발화되는 소리에 있습니다.

'가나다라.'

위 말을 소리 내어 말해 보세요. 별 의미를 품고 있지 않은 그래서 말에서 느껴지는 정서가 거의 없는 단어를 골라본 것입니다. '라'만 하든 '에이비시디'든 '가갸거겨'든 단어 자체에서 연상되는 이미지나 감성이 없으면 어떤 말이라도 좋습니다.

단전에서부터 소리를 끌어올려 말끝인 '라'를 짧고 강하게 올려 보세요. 수타면 반죽 늘어나듯 부드럽게 늘이면서도 올려보고, 아주 경쾌하고 가벼운 느낌으로 살짝만 짧게 올리거나, 쭉 뻗은 고속도로처럼 평탄하게 쭉 평조로 늘여도 봅니다. 강하고 단호하게 혹은 짧고 부드럽게 내리거나, 바람 빠지는 풍선처럼 힘없이 길게 내려봅니다.

소리를 어떻게 발화하느냐에 따라 느낌이 달라지나요? 이번엔 간단한 문장으로 해봅니다.

'무궁화 꽃이 피었습니다.'

종결어미인 '다'를 위에서 말한 다양한 방법으로 말해 보세요. 느낌이 조금씩 다를 겁니다.

단어가 내포하고 있는 의미와 그로 인해 연상되는 감성과는 별개로 소리 자체가 지닌 감성이 있습니다. 발화를 어떻게 하느냐에 따라 느낌이 달라지는 것이죠. 그리고 우리는 이미 이 사실을 잘 알고 있어 일상의 화법에서 너무나 훌륭하게 활용하고 있습니다.

상황에 맞춰 얼마나 다양하게 "엄마~"를 부르며 살았나요? 아쉬워 부탁할 때 엄마를 어떻게 말했나요? 늘이며 끄는 듯 발화하며 "엄마~~~"를 불렀을 겁니다. 내 일기를 몰래 훔쳐 읽는 엄마를 발견했을 때도 부드럽게 "엄마~~~" 했을까요? 아마 강하고 짧게 "엄마!"라고 발화했겠죠.

소리 자체가 지닌 감성이 상황에 따른 조건과 메시지와 만나 말로 탄생하는 겁니다. 그러니 낭독을 할 때도 메시지와 상황에 맞는 발화를 해야 하겠죠. 그리고 계산된 특별한 경우가 아닌 이상 계속 같은 느낌으로 발화해 청자에게 고정된 이미지를 심어 주는 것도 삼가야 합니다. 반복적으로 나타나는 일정한 발화습관은 청자가 내용을 이해하는 데도 방해가 되지만, 발화된 소리가 지닌 어떤 고정된 이미지로 화자를 묶어 버릴 가능성이 큽니다. 간혹 연기자들이 인물의 캐릭터를 창조할 때 일정하게 발화하는 어투로 인물의 성격을 만드는 것처럼 말이죠.

말은 항상 자연스럽게 변화하며 흐르려 한다는 것, 그리고 발화된 소리에서 주는 느낌을 적재적소에 잘 활용해야 한다는 것을 기억하세요. 시각이 차단된 채 청각만을 의지해 정보를 해독해야 할 때 감각은 훨씬 예민해집니다. 청자는 텍스트 자체를 통해 얻는 정보와 발화에 따른 느낌이 일치한다고 느낄 때 해당 정보를 신뢰할 수 있다고 판단해요. '아!' 다르고 '아?' 다르고 '아.' 다릅니다.

소리 감성을 느끼는 연습

이름을 불러보세요.

"미진아."

길을 가다 정말 오랜만에 반가운 친구 미진이를 우연히 만났습니다. "미진아!" 부탁할 일이 있어 애교 있고 귀엽게 친구를 부릅니다. "미진아~" 계속 떼를 쓰는 어린 미진이를 따끔하게 혼내려 정색을 하고 말합니다. 존경하는 선생님의 장례식장에서 친구 미진이를 만나 서로 울며 선생님의 죽음을 슬퍼합니다. 수업시간에 핸드폰을 보는 미진이가 선생님에게 야단맞을 것 같습니다. 이렇듯 생각나는 다양한 상황에서 미진이를 불러봅니다.
이번에는 같은 상황에서 부르되 '미진'은 빼고 "아"만으로 불러봅니다. 어미가 어떻게 다르게 발화되는지, 저마다 어떤 다른 감성이 느껴지는지 쉽게 알 수 있을 겁니다.

어휘 감성을 활용하라

"원본은 악보예요. 악보는 소리가 없어요. 종이에 있는 메마른, 그렇지만 분명히 감동은 그 안에 꿈틀거리고 있어요. "답답해. 답답해. 나 좀 풀어줘."라고 음표들이 말하고 있죠. 이걸 확 해방을 시켜줘야 해요. 소리로!"

세계적인 첼리스트이자 지휘자인 장한나 씨가 얼마 전 방송에 나와 이렇게 얘기하더라고요. 음악의 핵심과 소리의 생명력을 정말 쉽고 정확하게 설명했죠. 어쩜 그리 꼭 맞는 표현인지, 자신의 분야에서 도가 튼 대가라는 것을 다시 한번 느낄 수 있었습니다.

이 말을 빌려 얘기해 보죠. "답답해. 답답해. 나 좀 풀어줘."라고 이야기들이 말하고 있어요. 글씨로 묶여 있는 이야기들을 당신의 목소리로 해방시켜 주세요. 당신이 발화하면 지면 위에서 잠자고 있는 글들은 살아 숨 쉬는 이야기가 됩니다. 단지 한 덩어리 글씨들에 불과했던 글이 당신의 입을 통하면 눈에 그려지고 들을 수 있으며 냄새와 맛과 촉감마저 느껴지는, 오감으로 전해지는 생생한 이야기가 되니까요.

그러니 세상 모든 것을 소리 내 읽어 보세요. 길을 걷다 보게 되는 간판의 이름들도, 지하철 승강장에 쓰여 있는 이야기도, 교과서에 있는 글씨들도, 당신의 목소리를 통해 살아나기만을 기다리고 있습니다.

소리 내 읽을수록 감각은 살아난다

요가를 좀 더 깊게 알고 싶어 공부한 적이 있습니다. 직접 손으로 만져 바른 자세를 취할 수 있도록 도와주는 '핸즈온(Hands on)'을 한창 배우는데 동료가 저를 보고 웃더라고요. "미진쌤은 항상 이름, 목적, 순서와 방법을 중얼거리며 하신다"면서요.

생각해 보면 저는 예전부터 머리로 익혔다 생각한 것을 말로 뱉어 확인하는 습관이 있었습니다. 이야기가 되어 입을 통해 술술 나오면 그제야 완전하게 아는 것 같았거든요. 갱년기가 되어 머리가 맑지 않고 집중력과 기억력이 예전만 못해진 후로는 더욱더 소리로 뱉으며 익히게 됐습니다. 이렇게 하면 분절된 내용이 머리 한구석에 잠시 잠깐 머물다 떠나는 게 아니라 'A부터 Z까지' 전체의 이야기가 아주 촘촘하게 피부 구석구석까지 스며들어 훨씬 선명하고 구체적이며 오래 온몸에 저장되는 기분이 듭니다

오감이 느껴지는 낭독을 하려면 먼저 소리 내 읽고 말로 되뇌세

요. 처음엔 말 그대로 '그냥 글자만' 읽게 되지만 점점 텍스트에 담긴 뜻과 정서를 생각하게 되고 다음엔 그것까지 자연스레 당신의 목소리로 표현하게 됩니다. 단순하게 음독으로 시작했다면 시간이 쌓이며 그 글자들에 담긴 숨은 의미와 감정까지 담은 '낭독'을 하게 되는 거지요.

소리 내 읽을수록 글 속에 묻혀 죽어 있던 이야기가 오감을 통해 살아나 섬세하게 잘 그려진 한 폭의 그림 같은 시각화된 이미지가 되어 당신의 머릿속에 펼쳐질 겁니다. 그때부터, 읽지 않고 이야기하게 됩니다.

단어와 어휘의 감성을 느껴보세요
언어에는 감성이 있습니다. 오감을 통해 느끼고 이야기하려면 단어와 어휘가 가진 감성을 확실하고 충분하게 느껴야 합니다.

파랗다 / 퍼렇다 / 파르스름하다 / 푸르다 / 시퍼렇다 / 새파랗다 / 푸르딩딩하다
파란 하늘 / 퍼런 하늘 / 파르스름한 하늘 / 푸른 하늘 /
시퍼런 하늘 / 새파란 하늘 / 푸르딩딩한 하늘

글씨만 읽어대지 말고, 생각하고 느끼고 그려 보며 소리 내어 읽어 보세요. 단어마다 떠오르는 이미지가 조금씩 다를 테고, 조금 다른

느낌으로 발화된 단어들도 있을 겁니다. 다 다른 뜻이고 다른 감성을 지녔으니까요.

이번엔 걸어(Going) 볼까요?

뚜벅뚜벅 걷다 / 똑바로 걷다 / 또각또각 걷다 / 등지고 걷다 /
흐느적거리며 걷다 / 사뿐사뿐 걷다 / 비틀거리며 걷다 /
무겁게 걷다 / 가볍게 걷다 / 날아갈 듯 걷다 / 조용히 걷다

어휘와 어휘가 지닌 뜻에서 감성과 감정이 묻어납니다. 고유의 감성을 섬세하게 느끼면 발화도 조금은 다르게 되죠. 언어의 감성을 극대화해 느끼며 발화하는 대표적인 장르가 아이들에게 들려주는 동화 낭독입니다.

상을 그리면서 이야기하는 오감 낭독을 하려면 감성 언어를 잘 활용해야 합니다. 잘 활용하라는 말은 별 뜻이 아닙니다. 단어나 어휘의 뜻과 함께 느껴지는 정서를 촘촘히 섬세하게 느끼려 노력하라는 말입니다. 일부러 과하게 표현하라는 얘기가 아닙니다. 느끼면 그림이 그려질 테고 그러면 상황에 맞는 이야기를 하게 되니까요.

'고즈넉한 산사'에서는 고요하고 아늑한 정서가 느껴지지요. '격렬한'이라는 단어에서도 어떤 정서가 느껴집니다. 단어의 감성을 제대로 느껴야 오감이 살아 있는 낭독을 할 수 있습니다. 낱말 하나, 어휘 하나 허투루 여기지 말고 말해 보세요.

어휘 감성을 느끼는 연습

'고즈넉한 산사.'

이 어휘에서 떠오르는 느낌을 말해 봅니다. '고즈넉한' '산사', '고즈넉한 산사' 떼도 보고 붙여도 봅니다. 바로 입 밖으로 뱉으려 하지 말고 잠시 시간을 두고 생각하며 떠오르는 상들을 따라갑니다.

소리가 없을 듯 아주 조용하지만 따뜻한 느낌이 들고,
조용한 가운데 바람 따라 들리는 풍경 소리가,
하얀 눈 속의 산사가 떠오를 수도 있고,
가을 단풍이 아름다운 조용한 산사가,
낙엽 밟는 소리나 눈이 쏠리는 혹은 목탁 소리와 염불 소리가,
겨울 산사 앞 찻집에서 맛봤던 대추차의 진하고 달달한 맛과 향이,
맨손으로 눈을 뭉쳐 눈사람을 만들며 몹시 손 시렸던 기억이,
눈 코 입 만들려 나뭇가지 자르다 피를 맛봐야 했던 순간이,
늦가을 약간은 쓸쓸한 조용한 산사에 홀로 앉아 있는 자신이,
나쁘지만은 않은 공허한 느낌이…….

여러 기억과 이미지가 당신의 머릿속에 떠오를 겁니다. 때로는 향기와 감촉도 맛과 소리도 느껴지겠죠.
바라보고 충분히 음미한 후 천천히 소리 내어 뱉어보세요. 어휘가 가진 여러 감성을 품은 채로. 글의 내용과 맞는 하나의 이미지가 당신 안에 자리 잡을 겁니다. 그러면 입을 열어 말하면 됩니다. 아무리 표현력이 부족한 사람이라도 뭔가 조금은 다를 겁니다. 비록 당신만 알아차릴 정도라 해도 말이죠. 그러며 이야기하려면 먼저 느껴야 합니다.

잘 듣는 것이 먼저다

낭독 수업을 하다 보면 "저를 따라 해보세요"라고 말하게 될 때가 있습니다. 강조를 제대로 사용하지 못하거나 속도나 사이의 조절을 탄력적으로 하지 못하거나, 조사나 어미의 발화가 세련되지 못하거나, 이해와 몰입을 방해하는 낭독자의 규칙적인 발화습관 '쪼' 등으로 문장의 뉘앙스를 이상하게 만들거나 말이 재미없어질 때입니다.

사이를 두는 지점과 그 크기, 속도의 변화와 강조하는 지점, 그리고 조사나 어미를 발화하는 느낌까지 똑같이 해보라고 주문을 하죠. 대부분 처음엔 제대로 따라 하지 못하지만 '당신과 나의 강조는 이렇게 달랐다', '어미 처리는 이렇게 달랐다' 한 항목씩 구체적으로 설명하면 차이를 깨닫고 정확하게 따라 하는 사람들이 있습니다. 반면 아무리 설명을 하고 따라 하게 해도 감을 잡지 못하는 사람들도 있습니다. 제가 열심히 '바람 풍(風)'이라 말해도 계속 본인만의 '바담 풍'을 한다고 할까요?

'차이'를 모르니 당연히 따라 할 수 없는 거죠. 좋은 낭독을 하려면 귀를 예민하게 열어 두어야 합니다. 차이를 깨달아야 나의 낭독에도 적용시킬 수 있으니까요. 어찌 생각하면 낭독은 음악과도 같습니다. 악기인 '목소리'를 사용해 속도를 섬세하게 조절하고 강조를 적절히 사용하며 자연스러운 리듬을 타고 말을 하는 것이니 연주하는 것과 다를 바 없죠.

섬세하게 들을 수 있어야 음악이 더욱 즐거워지듯, 음을 구별하고 음질의 차이를 알고 크기와 강도의 차이를 알아야 다양한 낭독이 주는 감동을 제대로 느낄 수 있습니다.

쪼개 듣고 합쳐 듣고!

낭독은 '텍스트에 입히는 옷'입니다. 글을 투박하게 보이게 할 것인지 강렬하게 혹은 부드럽고 따뜻해 보이게 할 것인지는 낭독자의 선택입니다. 선택할 수 있으려면 '차이'를 들을 수 있어야 하는데 선택받은 유전자가 아니고서야 처음부터 잘 구별할 수는 없습니다. 다양하게, 많이, 반복해 들어야 합니다. 의지를 가지고 말입니다.

같은 글을 소리 내어 읽었는데 당신과 나의 낭독이 다르게 느껴진다면, 청자가 당신보다 나의 것이 더 잘 이해되고 감정적으로 동화된다고 느낀다면, "잘 들려요", "느낌이 달라요" 대신 구체적으로 무엇이 어떻게 달라 감동의 깊이와 느낌이 다른지 말할 수 있어야 합니다. 그러려면 '항목별로 듣는 습관'이 필요하죠.

글의 내용과 정서가 청자인 나에게까지 충분히 느껴졌다면 낭독자의 호흡과 발성, 음색과 발음, 속도, 사이, 강조, 어조 등은 어떠해서인지 입말의 조건을 하나하나씩 따져가며 섬세하게 듣는 겁니다. 그 결과로서의 낭독이 전체적으로 어떤 생각과 감정을 나에게 전하는지를 알 수 있어야 합니다. 섬세하고 집요하게 쪼개 듣고 합쳐 듣고, '따로 또 같이' 듣는 것이 가능해야 합니다.

간혹 듣지 않는 습관이 몸에 배어 듣지 못하는 분들이 있습니다. 혼자 하는 낭독도 매력적이지만 호흡을 주고받는 재미와 서로의 연결을 확인시켜주는 든든함이 있어 낭독 수업에서는 함께 순서와 양을 정해 릴레이로 낭독을 하는 경우도 많습니다. 어떨 땐 '눈치 게임'처럼 모든 걸 정하지 않고 한 사람이 낭독을 마치면 하고 싶은 충동이 이는 사람이 다음 낭독을 하기도 합니다. 참 재미있습니다. 여러 모습이 보이거든요.

자신의 낭독에 빠져 다른 사람들 계속 기다리게 만드는 사람도 있고, 하고 싶은 마음만 굴뚝같아 앞 사람들이 이어온 호흡과 느낌은 전혀 듣지 않고 독불장군처럼 낭독하기도 하고, 두세 사람이 동시에 시작하기도, 또 서로 눈치 보다 아무도 하지 않고 시간만 흐를 때도 있습니다.

이럴 때 청력은 좋으나 듣지 못하는 분들이 있어요. 말을 기본 매개로 하는 소통에서는 '듣기'가 우선입니다. 잘 들어야 내 말을 잘할 수 있으니까요. 함께 하는 낭독의 경우도 화자와의 소통, 그리고 낭독하는 자신과 또 함께 하는 다른 낭독자들과의 소통이 전제되어야 합니다.

앞 사람의 낭독을 전혀 듣지 않는 사람들은 분위기를 이어가지 못하고 톤이나 호흡 등 모든 부분에서 튀는 낭독을 합니다 긴장돼 듣고 싶어도 못 듣기도 하고, 저처럼 어떤 문제로 집중력이 약해지면 나의 것만 겨우 해내기도 하지만 평소에 남의 말을 잘 듣는 습관이 없는 사람은 낭독에서 역시 듣지 않고, 듣지 못하기도 하며, 대부분 빠르고 급합니다. 좋은 습관이 중요하다는 말을 이래서 하나 봅니다.

내 입을 통해 흘러나오는 화자의 말을 잘 들어야 이어지는 화자의 다음 말을 잘할 수 있습니다. 상대방의 낭독을 잘 들어야 나의 낭독이 중심을 벗어나지 않습니다. 귀를 열어 '섬세하게 듣는 습관'을 가져보세요.

입말과 몸말을 적극적으로 사용하라

말을 입으로만 하나요? 다른 신체기관은 움직이지 않고 가만히 있는 채로 입을 통해서만 메시지를 전달하나요?

아니죠. 눈, 눈썹, 광대, 입 모양, 주름 등 얼굴에서 사용할 수 있는 모든 근육과 기관, 그리고 자세와 손짓, 발짓 등의 제스처를 통해서도 '말'을 표현합니다. 메시지가 더욱 분명하고 효과적으로 전해지니까요.

혹시 당신의 낭독이 밋밋하고 지루하게 느껴지나요? 어미를 이리저리 바꾸어 발화하고, 강조를 적절하게 사용하고, 사이와 속도의 조절도 해가며 말의 리듬이 살아 있는 낭독을 하고 싶은데, 아무리 노력해도 말만 쉽지 잘되지 않는 것 같나요? 무얼 해도 변화 없고 단조롭게 들리는 낭독을 하고 있다면 당장 거울 앞으로 가 말할 때의 당신 모습을 관찰하세요. 입만, 그마저도 복화술을 하는 것처럼 보일 듯 말 듯 겨우 움직이고 있는지, 메시지에 맞는 풍부한 표정과 제스처와 함께 말을 하고 있는지를요. 아마 전자에 가까울 겁니다.

　'국민 멘토'로 불리며 방송에서 왕성하게 활동하고 있는 어느 정신과 의사의 말을 관찰해 보세요. 꽂히는 듯한 선명한 음색과 정확한 발음도 눈에 띄지만, 그가 얼굴 근육과 제스처를 얼마나 크고 다양하게 적극적으로 활용하며 말을 하는지 잘 알 수 있습니다.

　커다란 눈 속의 눈빛이 전하는 메시지, 눈썹과 미간 사이의 주름과 광대뼈 주변의 움직임, 그리고 시원하게 올라가고 내려가며 표정을 만들어내는 입꼬리와 작고 크게, 정확하게 벌어지고 오므려지는 입술과 입 모양 등을 통해 그의 생동감 넘치는 말과 분명한 메시지를 느낄 수 있습니다. 의자에 앉아 있어 상체만 활용할 수 있는 제한된 방송조건에서 그는 손과 팔의 움직임을 이용하는 등 제스처와 자세도 표정과 함께 적극적으로 사용하죠.

　낭독도 마찬가지입니다. 아무 표정 없이 입만 오물거려 소리 내어 읽지 말고 메시지의 감정에 맞게 활용할 수 있는 모든 얼굴 근육을 충실히 사용해 말을 해야 합니다. 과하게 오버액션을 하라는 얘기가 아닙니다. 감정의 흐름에 따라 낭독하다 보면 자연스레 표정도 지어진다는 겁니다. 몹시 배가 아파 '아!' 할 때 얼굴이 찡그려지고 손으로 배를 감싸 안게 되는 것처럼 말이죠. 메시지에 맞는 표정과 제스처가 자연스레 동반됩니다. 그것이 '말'입니다.

　얼굴 근육과 성대의 움직임은 직간접적으로 연결돼 있기 때문에 얼굴 근육을 많이 움직이는 것이 밋밋하고 단조로운 톤을 벗어나는 방법이기도 합니다. 성악가들이 노래할 때를 살펴보세요. 얼굴을 활짝 연다고 할 정도로 모든 근육을 사용합니다. 팔도 적극적으로 움직이며 활용하죠. 고음이나 저음, 힘차게 뻗거나 안으로 거두어들일 때의 모습을 잘 살펴보면 표정, 제스처와 발성의 연관성을 알 수 있습니다.

표정과 몸짓을 이용해 표현하는 것에 대한 고정된 관념이나 부끄러운 마음을 버리고 몸으로 말하는 연습을 해야 합니다. '허리케인 블루'라는 립싱크 코미디를 기억하나요? 김진수, 이윤석 두 개그맨이 올드팝을 립싱크해 큰 인기를 누렸었죠. 과한 표정과 몸짓을 이용해 그야말로 온몸으로 가사를 연기해내는데요. 저에게는 레전드로 남아 있는 그 영상들을 요즘도 가끔 찾아보곤 합니다. 낭독할 때도 배울 점이 많기 때문이죠

좋아하는 노래가 있습니다. 이적의 <하늘을 달리다>인데요. '두근거렸지. 누군가 나의 뒤를 쫓고 있었고 검은 절벽 끝 더 이상 발 디딜 곳 하나 없었지. (…) 귓가에 울리는 그대의 뜨거운 목소리. 그게 나의 구원이었어. 마른 하늘을 달려(…) 영원토록 달려갈 거야.'

가사의 뉘앙스에 맞게 표정과 제스처와 동선을 이용해 이 노래를 처음부터 불러, 아니 표현해 보세요. 다른 어떤 노래여도 좋습니다. 당신이 좋아하는 노래를 무대 위의 뮤지컬 배우처럼, 더 욕심을 부린다면 허리케인 블루처럼 불편함과 어색함을 버리고 할 수 있는 만큼 즐겁게 표현해 보는 겁니다.

낭독은 자신의 틀을 깨는 것입니다. 다른 이의 생각과 감정을 내 안에 받아들여 전해야 하는 낭독자에게는 그래서 경직되지 않는 유연함이 더 필요한지도 모르겠습니다.

오버액션 낭독 VS 건조한 낭독

'낭독은 누군가에게 읽어준다는 전제가 깔린 행위다. 따라서 전적으로 나의 낭독에 의지할 수밖에 없는 청자가 작가의 의도대로 곡해 없이 이야기를 이해하게 하기 위해서는 화자 시선에서 낭독하려는 노력이 필요하다.'

이렇게 말씀드렸어요. 그런데 낭독 모임에서 의견을 나누다 보면 간혹 이런 반문을 던지는 분들이 있습니다. '꼭 화자 입장에서 낭독해야 해? 낭독자인 내 입장에서 읽고 싶은데?' '난 텍스트와 거리를 두고 읽고 싶어.' '글자만 읽는 것처럼 느껴져도 그냥 감정 없이 건조하게 읽어주는 것을 듣는 게 더 좋은데?' 말에 관한 영역이기도 하고 개인적으로 받아들이는 이해와 느낌, 또 취향이 다르기 때문에 무엇이 정답이라고 단언하는 것은 어렵기도 하지만 위험한 일이기도 하죠.

정답은 없습니다. 오로지 낭독하는 자신의 입장에서 이해하며 읽는 것도 하나의 방법이고, 그저 글자만 소리 내 읽을 뿐이라는 생각으로 음독하는 것도 방법일 수 있습니다. 그런 낭독을 즐기는 것이 귀가 덜 피곤해 좋다는 분도 있으니 말입니다.

하지만 잘 생각해 보세요. 화자의 입장에서 화자를 이해하려는 노력의 과정이 없다면 오히려 작품에 대한 객관적이고 보편적인 이해가 결여될 수 있습니다. 낭독자의 주관적인 이해와 공감 차원에서만 작품의 이야기가 받아들여지기 때문이죠. 예를 들어 감정적으로 그렇게까지 동요돼 폭발할 지점이 아닌데, 낭독자 본인의 경험과 그때의 감정이 생각나 텍스트가 요구하는 감정의 수위를 훌쩍 넘어버릴 수도 있는 거죠. 반대의 경우도 있을 수 있고요.

물론 기본적으로 낭독자의 생각과 감정의 토대 위에서 표현되기 때문에 완벽하게 화자 입장에서 낭독하는 것은 불가능합니다. 그래서 화자와 낭독자 사이의 거리를 점점 줄여나가려는 노력이 필요하다고 이야기하는 것이죠. 연기자가 오열을 했더니, 감독이 '컷' 소리 치며 "눈물을 뚝뚝 흘리는 정도로만 다시 갑니다. 당신 감정대로 말고 대본 인물의 감정대로 해주세요"라고 말하는 것과 같은 이치입니다.

음독에 가까운 건조한 읽기를 선호하고 그것이 듣기에 편한 청자도 있지요. 섬세하게 표현하는 것이 어려워서일 수도 있고, 정말 생각을 배제하고 무미건조하게 텍스트 자체의 이해만을 원해서일 수도 있습니다. 하지만 낭독자는 낭독하는 어느 지점에서건 화자와 자신의 정서가 만나 그것이 소극적이고 미진하게라도 표출될 수밖에 없기 때문에, 음독에 가까운 읽기는 엄밀히 말해 낭독자가 표현의 수위를 조절할 자신이 없는 쪽에 가깝습니다.

기존 '오버액션' 낭독의 피로감이 쌓여 차라리 건조한 쪽이 오래 들어도 귀가 편할 수 있습니다. 그러나 오버액션 낭독 역시 텍스트를 정확히 해석하지 못한 것이죠. 시 낭독에서 시의 생각과 감정대로가 아닌, 과하게 낭독하는 경우도 여기에 해당합니다.

낭독에 정답은 없지만 낭독자가 추구해야 할 방향성은 분명합니다. 중요한 것은 청자의 이해와 공감이 오직 낭독자에게 달려 있다는 것. 무엇을 선택할 것인지는 낭독자의 몫입니다.

소리만 남는 낭독, 마음이 남는 낭독

가끔 연극이나 뮤지컬을 보러 갑니다. 요즘은 주인공을 더블 캐스팅하는 경우가 많죠. 저는 여유가 되면 두 배우의 공연을 모두 감상하는 편인데요. 사람이 달라지면 맛이 달라진다고 해야 할까요? '개성이 다른 두 배우에게 연출은 어떤 관점에서 디렉팅을 했을까?' '두 배우는 그것을 어떻게 받아들이고 자신 안에서 표현해낼까?' '그리고 그것들은 작품에서 어떤 개성과 통일감으로 구현될까?' 이런 호기심이 생깁니다.

낭독자가 달라지면 낭독의 느낌도 달라집니다. 이야기를 받아들이고 표현하는 발화자 개인의 개성이 다르니까요. 그래서 수업을 할 때 가끔 같은 텍스트를 두 명씩 낭독하게 하고 비교 감상하는 시간을 갖습니다. 장르 상관없이 주로 화자가 1인칭으로 선명하게 드러나 있는 작품을 낭독하죠.

며칠 전 낭독 모임에서도 그렇게 놀았습니다. 짝이 모자라 저도 어느 수필 중 일부를 낭독했죠. 낭독이 끝나고 얼굴이 화끈거렸습니다. 참석자들이 "역시 선생님 낭독이 잘 들려요. 너무 좋네요"라고 말했지만 저는 제 것에 마음이 담기지 않았다는 걸 알았거든요.

마음이 담기지 않은, 기술만 있는 낭독과 기교는 부족해도 글에 대한 경외감과 진심이 느껴지는 낭독. 저와 짝의 낭독이 그랬습니다. 저는 안정적인 호흡과 발성과 발음으로 다른 입말의 조건들도 다 아우르며 화려하게 읽었지만, 내용과 정서는 들리지 않고 목소리만 둥둥 떠다니는 낭독을 했습니다. 반면 짝의 낭독은 많이 긴장해 목소리에서 떨림이 느껴졌지만, 한 땀 한 땀 정성 들여 바느질하듯 천천히 차분하게 글을 '이야기해' 나갔습니다. 서툴지만 성실하게 이야기에 가까워지겠다는 마음이 느껴졌어요. 저는 기술이, 짝은 감동이 남는 낭독을 한 거죠.

소위 '프로'라 불리는 사람들의 낭독을 듣다 보면 간혹 느낄 때가 있습니다. 알맹이는 빠지고 껍데기만 남아 있다는 느낌. 무엇이 중요한지는 잊은 채 발화의 기술들만 남아서 아주 매끄럽지만 생각과 정서가 느껴지지 않는 낭독을 접할 때가 있어요. 소리만 들리고 말이 들리지 않는 거죠. 낭독을 너무 오래, 많이 해서 처음의 마음을 잊었다고 할까요? 글의 마음에 다가가려는 자세와 노력이 없으면, 틀면 나오는 수돗물처럼 그야말로 기계적으로 발화하게 됩니다. 그래서 때때로 자신의 낭독을 돌아볼 필요가 있습니다.

낭독을 할 때 꼭 잊지 말아야 할 게 있습니다. 글에 맞는 자연스러운 읽기를 하려고 낭독의 기술을 배우지만, 그것보다 중요한 것은 화자에게 다가가려는 겸손한 마음이라는 것을요. 소리 내어 읽고 또 그것을 듣는 행위의 목적은 결국 '느끼기' 위해서입니다. 지식과 정서의 공유, 그리고 공감을 통해 어느 방향으로든 내 마음을 움직이기 위해 우리는 읽고 또 듣습니다. 작가의 이야기 속에서 내 생각과 감정을 돌보며 자신 안의 보다 깊은 곳에 연결되기 위해 우리는 소리 내어 읽고 듣는 것이지요.

작가의 마음과 내 마음이 연결되고 나와 내 마음이 연결되는 것, 내 마음과 듣고 있는 당신의 마음이 연결되는 것, 그것이 바로 낭독입니다. 이 모든 과정이 기술만으로 완성될 리 없습니다. 마음을 움직이려면 그곳에 닿으려는 노력이 있어야 하죠. 여기에는 프로와 아마추어가 따로 있지 않습니다.

내 안에 공간 허락하기

생긴 대로, 살아온 대로 나올 수밖에 없는 것이 낭독이라는 생각을 합니다. 낭독하는 모습, 배우며 받아들이는 모습을 보면 그 사람의 성격이 어느 정도는 보이는 것 같거든요. 여유 없이 빠르게 낭독하는 사람 중엔 성격이 급한 경우가 많습니다. 조사, 어미를 거의 건너뛰다시피 하는 사람들도 있죠. 느긋한 성품을 가진 사람은 조금 느린 경향이 있고, 발음이 선명하지 않아 약간 뭉툭하게 들리기도 합니다.

이성적이고 감정을 밖으로 잘 드러내지 않는 사람은 전체적으로 차분하면서 리듬을 많이 타지 않는 낭독을 합니다. 입 모양도 작고 얼굴의 근육들도 거의 움직이지 않습니다. 소극적인 사람들도 비슷합니다. 낭독 소리도 참 작지요. 그런가 하면 호기심이 많고 적극적이며 활달한 사람은 비교적 빨리, 낭독에 리듬을 주기 시작합니다. 때로는 과하기도 합니다만, 변화하는 방법도 굉장히 적극적으로 다양하게 시도하며 경험하고요. 반면에 자신만의 확고한 기준이 있는 사람은 잘 받아들이지 못하기도 합니다. 고치면 좋을 점을 얘기해도 받아들이지 못하거나 남 앞에서 얘기 듣는 것 자체를 불편해하며 어찌할 줄 모르기도 합니다. 칭찬 아니면 공격이라 생각하고 방어적으로 반응하는 사람도 있죠.

세상에는 정말 다양한 성향의 사람이 있습니다. 그래서 다양한 빛깔의 낭독을 즐길 수 있으니 좋기도 합니다. 하지만 기술을 배우는 것에서 시작하더라도 결국 자신의 가장 깊은 곳에서 '나'를 만나게 되는 게 낭독입니다. 화자의 생각과 감정을 들여다보고 동화되며 전하는 과정 안에서 나를 발견하고 나와 부딪치며 나를 돌아보게 되는 일이거든요. 그러니 내가 나와 만날 수 있도록, 때로는 그 안에서 치열하게 싸우고 다시 손 맞잡을 수 있도록, 내 안에 공간을 허락해야 합니다.

낭독을 할 때, 조금 더 유연해질 수 있게 노력하면 좋겠습니다. 절대 이것 아니면 안 되는 것도 없고 끝까지 내 것인 것도 없으니까요. '나다움'이라고 믿었던 것들을 내려놓을 수 있는 용기도 때로는 필요합니다. 어떻게 즐기든 선택이지만 이왕이면 자신의 성격은 잠시 내려놓고, 나와 만나 연결되는 기쁨을 누리면 좋겠습니다.

5장

소리 내어 읽기

실전 연습

1
소리 내어 읽기 준비 운동, 방송 낭독

다양한 화법을 경험해야 낭독이 자연스러워집니다. 낭독의 핵심이 '장르에 맞는 자연스러운 읽기'라고 본다면, 말하기의 유연한 변화를 즉각적이며 효과적으로 수용하는 장르가 바로 방송의 내레이션입니다.

먼저 대표적인 장르별 방송 프로그램 낭독을 통해 글의 목적에 맞는 어휘 표현과 소리의 느낌, 변화하는 입말의 조건, 이미지의 연상, 그리고 자세와 표정 등의 몸말까지 연습해 보세요. 장음, 예사소리와 된소리 등 틀리기 쉬운 발음 등을 표시해두었습니다. 각각의 원고 특성을 살려서 읽어보세요. 직접 녹음해 들어보고, 그래도 감이 안 온다면 TV나 라디오를 켜 당신의 것과 비교해 보면 더욱 좋습니다.

한 권의 책을 읽기 위한 준비 운동, 시작해 볼까요?

시보 읽기

호흡, 발성, 발음, 사이, 속도, 강조, 어미 처리 연습

국민의 방송 KBC가 잠시 후 9시를 알려드립니다.

시보란, 방송을 사랑하는 분들이라면 친숙한 시각 고지 멘트를 말합니다. 입말의 여러 조건을 달리하면 그때마다 말의 느낌이 어떻게 달라지는지 이 짧은 한 문장에서 경험할 수 있습니다.

지금부터 당신은 이 멘트를 말하는 아나운서입니다. 먼저 호흡의 크기를 달리해 뱉으며 말의 느낌이 어떻게 달라지는지 경험해 보세요. 그리고 전문가들은 어느 정도의 세기를 선택해 말했는지 떠올려 당신의 것과 비교합니다. 아랫배와 입 사이, 공기가 통과하는 둥근 관이 크거나 작게 있다고 상상하며 아랫배에서부터 차오르는 숨을 크고 강하게, 작고 여리게, 그 중간쯤으로 뱉으며 차이를 관찰합니다.

말의 품위와 신뢰도를 높이는 쉬운 방법 중 하나인 '발음'을 신경 써볼까요? 조사로 쓰일 때 '의' 발음을 정확히 합니다. '잠시 우'가 아닌 '잠시 후', '아옵시'가 아닌 '아홉시'로 발음해 /ㅎ/ 발음의 정확도도 높입니다.

국민의(에) 방:송 KBC가 잠:시 후(후) 9시(아홉씨)를 알려드립니다.

이번엔 '사이'를 달리해볼까요? 문장을 쉬지 않고 한 호흡에, 크게 한 군데에서만, 한 군데는 크게 다른 한 곳은 작게, 곡해 없는 선에서 위치도 변경해가며 읽어보세요. 사이를 달리함에 따라 말의 느낌이 어떻게 변하는지 관찰합니다.

국민의 방:송 KBC가 잠:시 후 9시를 알려드립니다.

국민의 방:송 KBC가/// 잠:시 후 9시를 알려드립니다.

국민의 방:송 KBC가∨ 잠:시 후/// 9시를 알려드립니다.

국민의 방:송 KBC가/// 잠:시 후∨ 9시를 알려드립니다.

사이를 갖는 지점에 맞춰 속도를 일정하게, 조금 빠르다 느리게 혹은 반대로도 변화를 줘 읽어봅니다.

이번에는 강조까지 사용해 보겠습니다.

국민의 방:송 KBC가 잠:시 후/// 9시를 알려드립니다.

국민의 방:송 KBC가 잠:시 후/// 9시를 알려드립니다.

국민의 방:송 KBC가 잠:시 후/// 9시를 알려드립니다.

국민의 방:송 KBC가 잠:시 후/// 9시를 알려드립니다.

그리고 사이를 갖게 되는 곳의 조사나 어미를 다양하게 발화해 봅니다.

국민의 방:송 KBC가\∨ 잠:시 후/// 9시를 알려드립니다.

국민의 방:송 KBC가\∨ 잠:시 후/// 9시를 알려드립니다.

국민의 방:송 KBC가\∨ 잠:시 후/// 9시를 알려드립니다.

국민의 방:송 KBC가∨ 잠:시 후/// 9시를 알려드립니다.

이 외에도 다양한 방법으로 시도해 보세요. 그리고 마지막에는 마음에 드는 사이, 속도, 강조, 어미 처리를 결정해 한꺼번에 적용하고 말해 봅니다. 당신은 어떤 읽기를 선택했나요? 그래서 어떤 느낌이 드나요?

시보 읽기 연습을 기본으로 다음에 나오는 지문들도 의미의 왜곡이 없는 선에서 다양하게 발화해 보세요. 정답은 없습니다. 글의 목적을 잘 살려 전해지기만 하면 됩니다.

뉴스 읽기

호흡, 발성, 발음, 사이, 자세, 표정 연습

뉴스는 '객관적 진실'의 전달이 말의 목적인 장르입니다. 화자인 앵커는 청자에게 메시지가 최대한 객관적이며 이성적으로 전해질 수 있도록 발화해야 합니다.

일단 청자가 신뢰감과 안정감을 느끼도록 복식호흡을 하며 정확한 발음으로 말합니다. 장음은 지키되 살짝만 긴 느낌으로 발음하세요(하다 보면 감이 옵니다). 경음 처리할 부분은 확실하게 된소리로 말합니다. 어미를 올리든 내리든, 평평하게 발화하든, 길게 늘이지 않고 짧고 단정적으로 처리해 주관적 감성이 느껴지지 않게 말하는 게 중요합니다.

또 한 문장 안에서 모두 같은 패턴으로만 처리하지 말고 한두 번은 다르게 발화해 보세요. 종결어미 역시 보통 단정하게 내려 발화하지만 간혹 약간 다른 느낌으로도 시도해 봅니다. 말이라서 그렇습니다. 어떤 목적의 말이든 모든 이야기는 흐름을 타고 자연스럽게 변화하며 발화되니까요.

그럼 위의 포인트를 잘 살려 아래 뉴스 원고를 읽어볼까요?

한:국인의(에) 행:복지수가 가장 높은 것으로 나타났습(씀)니다. 세:계생명존중연대가/ OECD 회:원국 등 전 세:계 100개(깨)국을 대:상으로∨ 비즈니스 및 경제,∨ 시:민 참여,∨ 다양성(썽),∨ 교:육 및 가정,∨ 감:정,∨ 환경 및 에너지 등∨ 총 15개(열따섣깨) 부문에 걸쳐 전반적인(전반저긴) 삶:의(에) 질을 조:사한 결과/ 한:국인의(에) 행:복지수가∨ 2:위 핀란드보다 1.2:점(일쩜이점)이나 높은 총 8.8점(팔쩜팔쩜)으로/ 지난해에 이:어 1위를 차지했:습니다./
한:국대:학교 김수정 교:수는/ '우리 국민이 체감하는 전반적(적) 삶:의(에) 질이 개:선된 것으로 보인다.'며/ '삶:의(에) 만족도(또)는 더이상 개:인만의(에) 문:제가 아닌 만큼/ 정부 차원의(에) 지속적(쩍)이고 다각적(쩍) 접근(끈)이 필요하다.'고 강:조했:습니다.

뉴스 읽기에서는 특히 '사이'를 잘 두어야 의미가 제대로 전달됩니다. 짧은 첫 문장의 경우 자연스럽게 한 호흡에 처리해도 좋습니다. 단, 두 번째와 세 번째는 길고 복잡해 보이지만 찬찬히 살펴보면 아래의 문장에서 출발한 것을 알 수 있습니다.

세계생명존중연대가 삶의 질을 조사한 결과/ 한국인의 행복지수가 총 8.8점으로/ 1위를 차지했습니다. 김수정 교수는/ '삶의 질이 개선된 것으로 보인다.'며/ '삶의 만족도는 개인만의 문제가 아닌 만큼/ 정부 차원의 접근이 필요하다.'고 강조했습니다.

의미의 왜곡이 없게 크게 사이를 두고, 한 묶음 안에서도 의미 구분이 필요하거나 호흡이 부족한 부분에서는 위와 같이 살짝 쉬어 갑니다. 주어 다음이든 어디에서든 쉬지 않거나, 크거나 작게 쉬어도 됩니다. 법칙은 단 하나, '의미 왜곡 없는' 선에서 쉬기입니다.

자세와 태도도 발화에 영향을 미칩니다. 기자의 리포팅이 끝나기 5초 전, 뉴스룸에 앉아 있는 앵커인 당신은 이제 다음 뉴스를 소개하기 위해 대기하고 있습니다. 온에어 불이 켜지면 자료 화면이 이어지고, 자세와 표정에서도 신중함과 당당함이 묻어나게 말을 이어 나가면 됩니다. 어떤 식으로 말을 할 것인지 지금까지 수없이 봐 왔던 앵커들의 화법을 상상하며 발화해 봅니다.

교양 프로그램 내레이션

어휘 감성, 소리 감성, 시각적 이미지, 표정 연습

교양 프로그램에는 정보, 다큐멘터리, 문화, 캠페인 등 다양한 방송 프로그램이 있습니다. 여기에서는 여행 다큐멘터리와 캠페인 원고를 읽어보면서 어휘 감성, 소리 감성, 시각적 이미지 연습을 해보려고 합니다.

먼저 여행 다큐멘터리입니다. 다큐멘터리와 같이 해설이 삽입되는 프로그램을 만들 때 내레이션 작업은 보통 배경음악과 효과음, 인터뷰 등을 입힌 완성된 영상을 보며 합니다. 하지만 간혹 화면은 준비되지 않은 채 내레이션 더빙부터 해야 하는 경우가 있는데요. 이럴 때 내레이터는 상상력을 발휘해야 합니다. 화면이 보이듯, 마치 보고 하듯 머릿속에 그리며 말을 해야 작품이 완성됐을 때 화면의 느낌과 내레이션이 서로 튀지 않고 맞게 되니까요.

그러려면 일단 프로그램의 목적, 의도, 그리고 내레이션이 품어야 할 전반적 분위기 등 내용을 섬세하게 이해하는 게 중요합니다. 그리고 읽는 대목마다 뜻과 떠오르는 이미지와 감성과 결합한 화면을 구체적으로 상상하며 말해야 합니다.

나무는 맑은 바람, 푸른 파도 소(쏘)리를 먹고 사ː시사ː철 짙푸르다.

평생 늙지(늑찌) 않는 나무는 한 해 두ː 해……
해가 갈수(쏘)록 더욱 깊어지는 영혼으로 나이를 먹는다.

부안의(에) 진미가 숨ː어 있다는 내변산으로 향한다.

내변산이 포근하게 품ː어 안ː은 천년 고ː찰, 내소사……
조선 인조 11년, 1633년에 지ː어진 것으로 전해지는 대ː웅보전……
세ː월의(에) 더께를 이고, 유구한 시간을 이어온 천년 고ː찰엔 법당(땅) 가득 고즈넉함이 감ː돈다.

- 권하정, 영상 다큐 <아름다운 여행>

먼저, 눈으로 끝까지 천천히 읽으며 단어와 어휘의 감성을 충분히 느끼세요. 맑은 바람은 무엇이고 푸른 파도 소리는 어떤 소리인지 한 문장 안에서도 머물며 곱씹을 곳이 많습니다. 이 작업을 마치면 어떤 톤과 세기와 속도, 느낌으로 읽어야 할지 판단이 섭니다. 이 작품의 경우, 너무 높지 않은 편안하고 정갈한 느낌의 톤에, 빠르지 않으며 전체적으로 정적이며 여유 있는 느낌이 들도록 읽어보면 어떨까요?

화면의 흐름도 상상해 봅니다. 저는 나무와 숲이 보이다 내변산으로 향하는 여행자의 뒷모습이 보입니다. 내소사의 모습에 이어 적막한 대웅보전 안의 모습도 상상되는군요. 흐름을 상상해야 걸맞게 '사이'도 두게 됩니다. 문장 안과 밖의 말줄임표에서도 사이를 둡니다.

낭독은 메시지에 상상의 옷을 입히는 일입니다. 이 원고를 통해 상상하고 느끼며 그리는 연습을 해보세요.

다음은 라디오 캠페인 내레이션입니다. 텍스트를 함께 설명할 화면이 없는 경우, 내레이터는 더더욱 상상해야 합니다. 무엇을 말하려 하고 어떤 순으로 전개하며 어떤 느낌으로 표현해야 하는지 잘 살피는 게 중요합니다.

21살 재영 씨가 재ː혼한 어머니를 따라 한ː국에 온 건 작년이었습니다.

K-POP 음악을 가까이서 느낄 수(쑤) 있고(꼬)
무엇이든 새로 배울 수(쑤) 있다는 기대감에 들뜨기도 했ː습
니다.

하지만 재영 씨는 집 밖에(빡께) 나가 본 적이 없ː습니다.
어ː눌한 한ː국어 때문에 어디를 가도 낯선(낟썬) 눈초리로 쳐ː다
보기 때문이죠.

먼저 손을 내ː밀어 주세요.
먼저 친구가 되어 주세요.
한ː국어에 서ː툰 친구가 생기는 것이 아니라,
중국어를 잘하는 친구가 한 명 늘어날 거예요.

내가 보는 눈이 바뀌면 세ː상이 달라집니다.

이 캠페인은 문화체육관광부와 함께 합니다.

– 강인숙, <BBS 캠페인>

이 원고는 특별히 메시지를 자세히 들여다보면 밝고 희망찬 마
음으로 시작해 안타까운 느낌이 드는 부분이 있고, 따뜻하고 부드

럽게 설득하는 듯한 부분도 있습니다. 화자의 마음이 되어 함께 느끼려 노력하고 적합한 표정을 지으며 말해 보세요. 입말과 몸말은 연결돼 있어 웃는 표정에서는 웃는 내용의 말이, 슬픈 표정에서는 슬픈 내용의 말이 나올 수밖에 없어요. 그렇게 텍스트에 맞는 표정을 지으며 발화해야 말이 자연스럽습니다.

담담하게 첫 문장을 시작한 후 화자의 생각과 감정에 따라서 표정을 지으며 말해 보세요. 말의 표정과 감정을 살피면 속도나 사이, 어미 발화를 어떻게 할지도 감이 옵니다. 전체적으로는 보통의 빠르기에 장면이 바뀌거나 감정이 바뀌는 부분에서 사이를 한두 번 가져보세요. 그리고 '-다', '-죠', '-요'로 끝맺는 말투를 보니 어미는 뉴스에서처럼 짧고 단호한 처리보다는 단정하고 상냥한 느낌이 들도록 부드럽게 올리고 내리고 늘여보기 바랍니다.

말에도 표정이 있다는 것. 잊지 마세요!

예능 프로그램 내레이션

발성, 속도, 강조, 어미 처리, 이미지 연습

저녁 시간, TV에서 많이 보고 들을 수 있는 방송이 바로 맛집이나 음식을 소개하는 예능 프로그램입니다. 맛집을 소개하는 내레이션을 할 때는 어떻게 발화해야 더 먹고 싶게 만들 수 있을까요?

참새가 방앗간(앋깐) 못 지나치듯

귀:갓길(귀갇낄)에 꼭~ 들러 하루에 피로를 푸는

직장(짱)인들의(에) 방앗간(앋깐),

퇴:근길(퇴근낄) 맛집(맏찝)이 여기 있습니다!

묻:지(묻찌)도 따지지도 않고 먹는다는 차돌삼합부터

입에서 살~살 녹는다는 뭉티기!,

속:을 확 풀리게 해: 또 한 잔 생각나게 한다는

시원~한 복매운탕까지!

넥타이 부대가 줄을 잇:는 대:박 맛집(찝)들을 지금 공개합니다!

　여기에서는 속도와 강조, 어미 처리에 집중합니다. 일단 단전에서부터 끌어올리듯 시원시원하게 말합니다. 줄을 바짝 당겼다 느슨하게 풀었다 다시 당기듯, 한 문장 안에서도 속도와 목소리의 크기를 자유롭게 변화시켜 봅니다. 다음, 중요하다 생각되는 부분을 정해 길게 늘이거나(~) 크게 힘주어 말하는 방식(!)으로 강조해 보세요.

　예를 들면 이런 식인 거죠.

참새가 방앗간 못 지나치듯
귀:갓길에 꼭(~) 들러 하루에 피로를 푸는 직장인들의 방앗간,
퇴:근길 맛집이 여기 있습니다!
묻:지도 따지지도 않고 먹을 수밖에 없:다는 차돌삼합부터
입에서 살(~)살 녹는다는 뭉티기(!),
속:을 확 풀리게 해: 또 한 잔 생각나게 한다는
시원(~)한 복매운탕까지(!)
넥타이 부대가 줄을 잇:는 대:박 맛집들을 지금 공개합니다(!).

　밑줄을 친 부분은 특별히 강조해 발화한 부분입니다.
　이번엔 조사와 어미도 다양한 느낌으로 늘이고 내리고 올리며

발화해 보세요.

╱(경쾌하게)

참새가 방앗간 못 지나치듯

~(늘이며)   (사뿐히 내리며)╲

귀갓길에 꼭~ 들러 하루에 피로를 푸는 직장인들의 방앗간,

→(강하게 던지듯)

퇴근길 맛집이 여기 있습니다!

(늘이며 올리는)~╱

묻지도 빠지지도 않고 먹을 수밖에 없다는 차돌삼합부터

~(늘이며)   ╲(단호하게 내리며)

입에서 살~살 녹는다는 뭉티기,

╱(짧게 올리며)

속을 확 풀리게 해 또 한 잔 생각나게 한다는

~(늘이며)   ╲(단호하게 내리며)

시원~한 복매운탕까지!

(경쾌하고 짧게)╱   (강하게 던지듯)→

넥타이 부대가 줄을 잇는 대박 맛집들을 지금 공개합니다!

화면 상상은 기본입니다. 참새, 방앗간, 직장인, 퇴근길 맛집, 차돌삼합, 살살 녹는, 뭉티기, 복매운탕, 넥타이 부대 등 단어와 문장에서 말하는 그대로를 구체적으로 떠올리며 발화해야 합니다. 그래야 말이 생동감을 얻고 문장 간, 문장 안 '사이'가 자연스럽고 정확하게 생깁니다.

　이번에는 영화를 소개해 볼까요? 영화 소개 프로그램에서 내레이터들은 메시지에서 느껴지는 생각과 감정을 그야말로 자유자재로 표현합니다. 실연자의 자유로운 발화가 빛을 보는 장르라고 할까요?

　낮고 어두우며 긴장감 넘치게 하기도 하고, 흥미진진함이 느껴지거나 명랑하고 유쾌한 느낌이 들도록 하는 등 영화의 분위기에 맞게 시청자의 호기심을 불러일으키기 위해 다양한 콘셉트로 낭독합니다. 한 영화 안에서 낭독의 분위기가 확 바뀌기도 하고, 일부러 한 말투를 설정해 쭉 이어가기도 하죠. 내용을 따라 그냥 평범하게 읽어내려도, 특정한 분위기를 부여해 읽어도 좋습니다. 원하는 대로 발화해 봅니다.

　소:중한 것을 놓치고 나서야
　비로소 밀려오는 후:회.

　인생의(에) 좌:표를 수정하고,
　삶:을 리셋할 기로에 선 사:람들,
　지금부터 시시콜콜 만나보시죠.

＞

스카우트 업계에서 알아주는

이 남자가 첫 번째 주인공인데요.

확률 제로의(에) 불가:능한 타겟도

퇴:사를 결심하게 만드는 놀:라운 수완.

달콤한 유혹은 기본이고,

때로는 사:람을 궁지로 몰아넣는

심리전의(에) 대:가, 한마디로 섭외의(에) 달인이었죠(쬬).

>

회:사에선 2:4:시간도 아깝지 않은 잘 나가는 세일즈맨이지만

가정에선 1시간도 절약하는 아빠.

아들의(에) 배를 나:태함의(에) 증거라고 단:정하고 모처럼 시간

을 냈:건(껀)만,

아들은 좀:처럼 내 뜻대로 따라오지 못:하죠.

>

타인의(에) 마음을 훔치는 덴 선:수지만,

정:작 가족들의(에) 마음은 읽지(익찌) 못:한

어느 가장의(에) 다시 쓰는 이:력서.

제라드 버틀러가

성공과 가족 사이에서 갈등하는 아버지로 분해
짠ː~한 감ː동을 자아내는데요.

아픈 아들로 인해 삶ː의(에) 방향을 고민하며,
그렇게 아버지가 되는 한 남자의(에) 이야기, 영화 〈타임 투게
더〉입니다.

- 천준아, 〈출발 비디오 여행〉

이 영화에서는 특히 장면 전환에 따른 호흡 바꿈과 사이 두기에
신경 쓰며 읽어봅니다. 먼저 내용을 섬세하게 이해합니다. 읽다 보
면 분명 이야기의 구성이 크게 바뀌는 부분들이 있습니다. 소개하
는 도입부와 영화 내용을 구체적으로 이야기하는 전개부, 그리고
마무리하며 영화의 인상을 정리하는 마감부로 나뉘어 있죠. 이것은
이야기가 다른 국면들을 맞는다는 말입니다. 내레이터는 호흡이나
사이, 혹은 그 둘을 다 이용해 표현해줘야 합니다.
　화면을 상상하며 읽어야 한다는 것을 기억하세요. 능숙한 내레
이터는 아주 섬세하게 호흡의 느낌만 바꾸어 표현하거나 사이와 함
께 사용해 화면을 보지 않고 듣기만 해도 '무언가 변화가 있다는 것'
을 충분히 느끼게 해줍니다.
　적게 뱉던 호흡을 크고 강하게 뱉거나 혹은 그 반대로 적용하며

내용 전환에 따른 호흡 바꿈이 어떤 건지 경험해 보세요. 잘 모르겠 거든 일상의 말을 떠올립니다. 잊었던 무언가가 갑자기 떠올라 "어, 그거!" 한다거나 한참 이야기하다 숨을 돌린 후 다른 이야기로 바꿀 때 "… 근데~" 하고 말할 때 당신의 호흡은 뭔가 좀 달라져 있을 겁니다. 호흡을 바꿈으로써 이전과 다른 변화된 상황을 표현할 수 있습니다. 이마저도 어렵다면 '사이'를 두는 것만으로도 쉽게 표현할 수 있습니다.

2
일관성 안에서 다양하게 읽기, 문학작품 낭독

방송 내레이션을 통해 각각의 텍스트에 맞는 특징적인 입말의 조건 등을 경험해 보았습니다. 이제 그것들을 수필, 소설, 시 등의 문학작품 낭독으로 확장해 적용해 볼 차례입니다. 장르별로 일관되게 관통하는 분위기가 있지만, 그 안에서 내용의 흐름에 따라 달라지는 다양한 말의 맛을 배울 수 있습니다.

수필 읽기

화자 파악하기, 평어체 말하기 연습

수필, 즉 에세이는 자기성찰의 느낌이 묻어나는 대표적인 장르입니다. 특히 자신의 시선에서 일상의 사소한 일을 소재로 가볍게 쓰는 경수필은 주관적이고 개인적이며 감성적·정서적인 특징을 가지고 있죠.

나에게 항상 하는 말이 있다.
"밥은 먹었냐?"
조금 후에 다시 묻는다. "밥은 먹었어?"

한 달에 한 번 이 사람을 만난다.
같은 생활권 안에 살아도 한 달에 한 번 보기 쉽잖은 걸 생각하면 참 의지 있게 만나는 사람이다.

이 사람은 매번 새롭게 말을 건넨다.

리플레이 버튼을 누른 것처럼

불과 30초 전의 대화도 천연덕스럽게 반복한다.

이 사람을 향한 마음의 힘으로 서너 번은 기꺼이 동참한다.

하지만 거기까지다. 금새 내 애정은 바닥을 보이고 만다.

왜 그렇게 안 될까? 내가 못된 놈인가. 그럴 수도 있다.

"당신 어렸을 때, 그 사람은 수도 없이 반복되는 당신 물음에
열 번이고 백 번이고 대답해줬을 텐데 고작 몇 번을 못 하는
구나."

친한 동료가 던진 말이다.

"이제 가면 추석 때나 보겠네."

"아냐."

"그럼 설에 보겠구나."

"아니라고! 엄마 머릿속엔 추석 아니면 설, 아니면 아빠 제사밖
에 없어? 추석이 언제고 설이 언젠데? 지금 삼월이라고!!!"

밥걱정에 추석과 설, 남편 기일만이 전부인 그 여자와의 대화는
항상 달콤으로 시작해 살벌로 끝이 난다.

그럼에도 나는 그녀를 사랑한다.

웃는 낯으로는 고작 서너 번의 반복 재생밖에 하지 못하고
바라보고 있으면 나오는 게 한숨뿐일 순간이 많은
얄팍한 사랑일지라도 말이다.

굳건한 버팀목이자
나의 가장 친애하는 사람!

헤어지는 날.
함께한 며칠의 미안함을 손 맞잡는 것으로 대신하며
또 지켜지지 못할 것 같은 기도를 한다.

다음 달에는 꼭 웃는 얼굴만 보이게 해달라고.

– 임미진, 「나의 친애하는 사람」 중에서

위의 글을 읽어보세요. 이 글은 자기성찰의 느낌이 강하게 묻어
납니다. 화자인 '나'는 어떤 성향이며 어떤 상황에 놓여 있는지 내용
을 통해 유추해봅니다. 그런 다음 화자의 마음이 되어 독백하듯 당
신 자신에게, 또 비슷한 상황을 경험하고 있거나 경험할 사람들에
게 겸허하게 들려줍니다.

아, 연기도 해야겠군요. 늙은 엄마, 나, 동료. 엄마는 낮고 느리게,

나는 냉정하고 단호하게, 동료는 친한 삼자로서 끌탕하듯.

"아니라고! 엄마 머릿속엔~~~ 지금 삼월이라고!!!"

이 부분은 오버랩으로 받아쳐도 좋을 듯 싶네요. 대사 사이의 오버랩은 흥분 등으로 상대 대사를 끝까지 듣지 못한 채 자신의 말을 하게 되는 경우를 말합니다. "그럼 설에 보겠구나." 엄마의 이 대사를 다 하지 않고 한두 음절 남긴 상태에서 받아쳐봅니다.

최대한 상황의 흐름에 맞게 차별적으로 연기하지만, 소리의 차별보다는 '글'이 아닌 '자연스러운 말'로 전달되는 것에 더 신경 씁니다. 다른 글의 낭독에서도 마찬가지지만 '~했다'의 평어체 말이 어색하다고 느껴지면 종결어미를 '~했습니다' 등의 경어로 바꿔서도 해 봅니다. 조금 편안하게 느껴지면서 나 자신보다는 상대에게 말하듯 느껴질 겁니다. 둘의 미묘한 차이를 알 수 있도록 번갈아 낭독하며 연습해 보세요.

다음 수필은 위의 것과 다른 느낌입니다. 화자인 '나'가 겉으로 드러나 있지 않죠. 물론 작가 자신의 시선에서 쓰긴 했지만, 주변 일상의 일을 소재로 가볍게 썼다기보다는 작품과 화가에 대한 설명에 자신의 생각을 얹어 쓴 글입니다. 앞의 글과 비교하면 이성적이며 설명적이고 지적입니다. 어떤 다른 느낌으로 낭독하면 좋을까요?

(…)

'창문으로 보는 파리'는 샤갈이 파리에 도착한 몇 년 뒤 그린 그림이다. 오밀조밀 서 있는 파리의 건물들 사이에 에펠탑이 우뚝 서 있다. 창문틀에는 고양이가 앉아 있고 의자 위에는 꽃이 담긴 화병이 놓여 있다. 여기까지는 지극히 평범해 보인다. 그러나 자세히 보면 오른쪽 앞의 남자는 얼굴이 두 개다. 그의 머리 위에는 아주 작게 그려진 남녀가 옆으로 누운 채 날고 있다. 옆으로 누운 인물은 샤갈 그림에 자주 등장하는 모티브이다. 고양이는 사람의 얼굴을 하고 있고 기차는 거꾸로 뒤집어진 채 달린다. 오른쪽 위에는 낙하산을 펴고 내려오는 사람이 작게 그려져 있다. 이 모든 장면은 오른쪽에 있는 남자가 꾸는 꿈같기도 하고 그가 들려주는 한편의 동화 같기도 하다.

(…)

동화적이고 몽환적인 분위기는 오롯이 샤갈의 것이다. 러시아의 유태인 가정에서 태어나 가족 간의 사랑, 종교적 전통과 민담과 더불어 행복한 어린 시절을 보낸 샤갈은 평생 자신의 원천을 예술적으로 승화시켜 구현하고자 했다. 오른쪽 끝의 두 얼굴의 남자는 샤갈과 다른 예술가들, 러시아와 프랑스, 러시아적 전통과 아방가르드적 실험 사이에서 주저하고 갈등하는 샤갈 자신인지도 모른다. 그의 그림은 보통 추상적인 배경의 인물들과 동물들이 둥둥 떠다닌다. 꿈과 현실, 추상화와 구상화, 동물과 인간의 경계에서, 모든 것이 뒤섞이고 하나가 된다. 어떠한 '이즘'도 만들려 하지 않았고 참여하기를 거부했던(초현실주의자들이 그의 참여를 권유했으나 자신의 예술적인 자유를 위해 거절한다) 샤갈은 끝까지 자신의 예술의 뿌리인 러시아적 민담의 동화적인 세계, 유태인 전통, 성서적 모티브를 형상화하는 데 주력했다. 샤갈의 그림은 아무것도 주장하지 않고 보이는 그대로의 이미지를 즐기도록 초대하는 것처럼 보인다. 그래서 편안하다.

- 정연복, 「동화 속의 파리」

알리고 싶지 않은 지극히 사적인 일을 혼자 조용히 독백하는 것이 앞의 느낌이라면 이 에세이는 객관적 사실에 입각해 사람들에게 설명합니다. 가끔 자신의 감상평을 얹으면서 말이죠. 담담하고 여유 있게 설명하는 큐레이터를 상상하면 쉬울까요? 작품을 볼 수 없으니 당신이 이 글을 누군가에게 낭독해 준다면 앞의 그림에 대한 설명 부분에 특히 집중해 단어와 문장을 느끼고 상상하며 말해야 합니다.

이 글 역시 종결어미를 '~했습니다' 경어체로 바꿔서도 낭독해 봅니다. 천천히 내용을 따라 읽다 보면 미술에 관한 다큐멘터리 내레이션처럼 느껴질 수도 있습니다. 당연합니다. 방송이든 책이든 다 글이고 이야기니까요. 어떻게 가공하느냐에 따라 조금씩 달라지는 것뿐이죠.

소설 읽기

화자 파악하기, 내용 전달하기, 캐릭터별 연기 연습

소설 낭독에서는 특히 화자의 위치에 집중해야 합니다. 얼마나 주관적이거나 객관적인 느낌으로 낭독해야 하는지가 화자에 달려 있기 때문이죠. 다음 소설을 읽어보고 화자의 위치를 파악해 보세요.

잠과 성공은 모래시계의 두 부분과 같아서 둘 중 하나가 차오르면 다른 하나는 반드시 비어버린다는 게 내 엄마의 신념이었다. 엄마는 책이나 신문, 잡지를 읽다가 마음에 드는 글귀가 있으면 옮겨 적기를 좋아하던 양반이었는데, 가끔은 그 글귀들을 절묘하게 인용하고 편집해서 그럴듯한 인생 명언들을 선보이곤 했었다. 예를 들면 이랬다. "너희가 일류대생 아니고 부모가 엘리트 아닌 게 너희한테 얼마나 큰 행운인 줄 아니? 너희는 지금 뭘 해도 자유로운 변방에 있는 거야. 변방이야말로 진정한 변화와 창조의 공간이라는 걸 젊은 너희는 본능적으로 알아야 하는 거야." "여보! 이 나라 정치판은 아사리판이라고 할 수도 없어요. 아사리가 뭔지 알아요? 불교에서 제자를 가르치는 스승을 말하는 거예요. 큰 스승이 나섰는데도 수습하기 어려운 상황을 아사리판이라고 하는 건데, 저 동네에 스승이 있기나 해요? 저건 그냥 개 싸움판일 뿐이라고요." 국내외 작가들의 깊디깊은 통찰과 지식의 산물을 스리슬쩍 훔쳐다 가공해 두 아들과 남편 앞에 풀어놓던 엄마였다. 그러다 일정 기간이 지나면 다른 멋진 글귀에 반해 이전의 것들은 미련 없이 잊어버리기를 반복했기에 아버지와 우리 형제는 잠과 성공에 대한 모래시계 신념도 길어야 한 달만 버티면 떼어버릴 수 있는 귀 딱지 정도로 여기고 있었다.

엄마의 변화무쌍한 신념 내지 지론은 대개 말에만 머물렀기 때문에 우리의 일상에 미치는 영향력은 거의 없다고 봐도 무방했다. 좀 더 솔직하게 표현하자면, 엄마는 그저 하고 싶은 말을 하기만 하면 되었고 아버지와 우리는 토 달지 않고 엄마의 말을 듣는 척만 하면 되는 것이었다. 그것이 우리 가족의 평화와 안정을 지탱하는 질서이자 규칙이었다. 그런데, 어느 프랑스 작가의 문장에 엄마의 참신한 아이디어를 살짝 가미해 만든 모래시계 신념은 우리 가족의 평화와 안정을 한순간에 무너뜨린 뒤

불로장생의 수명을 얻었다. 어느 날 아침식탁의 정적을 깬 엄마의 이 한 마디와 함께. "고금의 위인과 동서의 저명한 인사들 치고 새벽에 일어나지 않는 사람은 없어."

나는 늘 그래왔듯 입안으로 밥숟가락을 쑤셔 넣으며 건성으로 고개를 끄덕이다가 문득 움직임을 멈췄다. '이건 수명을 다한 모래시계 신념과 맥락이 같은데?' 나는 이상한 긴장감을 안은 채 식탁 맞은편 엄마 옆에서 젓가락으로 오이 조각을 집어들고 있는 아버지를 바라보았다. "살림하는 여자 치고 된장찌개에 호박 대신 오이를 넣는 사람도 흔치는 않을걸?" 아버지의 제법 센스 있는 대꾸를 무시한 채 엄마는 다음 말을 이어갔다. "잠이 많으면 절대로 성공할 수가 없어. 성공한 사람들은 보통 이른 새벽에 일어나서 책을 읽거나 글을 쓰거나 운동을 하거든. 우리처럼 본능을 채우는 데만 아침을 허비해서는 결코 존경받는 사람도, 선망받는 인생도 될 수 없어. 우린 변해야 해." 엄마의 말이 끝나기 무섭게 된장찌개에서 오이를 건져내던 형이 사람 좋게 말했다. "내 친구네는 오이로 국도 끓인대요. 나름 맛있다길래 안 믿었는데 오이 된장찌개도 먹을 만한데요? 엄마, 다음엔 쇠고기 오이국도 한번 끓여주세요."
'아, 저 백치 같은 형새끼.' 나는 뭔지 모를 불안감에 눈알을 굴리며 계속해서 아버지와 형과 엄마를 번갈아 살폈다. 아버지는 밥공기에 된장찌개 몇 숟가락을 떠 넣은 뒤 썩썩 비비는 중이었고, 형은 오이를 코에 대고 킁킁대다 이빨 끝으로 몇 번 씹어본 뒤 이내 입안에 쏙 집어넣고는 채신머리없는 저작 운동을 시작하고 있었다. 함께 앉아만 있을 뿐 식사를 전혀 하지 않던 엄마는 말없이 된장찌개를 응시하고 있었는데 그 눈빛이 조금씩 낯설어진다고 느끼던 순간, "이 식충이 같은 새끼들…." 말이 아닌 욕이 엄마의 입을 뚫고 나왔다. 세 남자가 일제히 동작을 멈추고 엄마의 얼굴로 시선을 모았다. 엄마는 여전히 된장찌개를 노려보며 턱을 높이 치켜들더니 천천히 숟가락을 들어 뚝배기 안으로 던지듯 박아 넣었다. 그리고는 찌개 국물이 사방으로 튈 만큼 마구 휘저으며 토하듯 말들을 쏟아냈다. "일찍 일어나란 말이야. 일찍 일어나라고! 자지 마, 자지 좀 마. 내가 자지 말라고 했잖아! 말 좀 들어. 내 말 좀 들으라고. 제발 내 말 좀… 들어어어어…!" 아들 사랑이 지극했던 엄마는 된장찌개를 휘젓던 숟가락을 허공으로 높이 쳐들었다가 모두의 예상대로 몸을 옆으로 돌려 아버지의 얼굴에 냅다 던져버렸다. 그리고는 수줍게 아니 말갛게 아니 소녀처럼 예쁘게 식탁 맞은편의 나를 향해 방긋 웃어주었다.

언제부터였을까? 엄마의 시간이 우리의 시간과 반대로 흐르기 시작한 것은. 잠 못 드는 불면의 밤, 말벗 하나 없는 적막했던 낮, 실패한 인생이 아닐까 하는 두려움의 시간이 쌓이고 쌓여 엄마의 정신을 휘감고 엉뚱한 방향으로 여행을 떠나버린 것일까? 기댈 수 있어 든든했으나 묵묵하다 못해 막막한 벽이나 다름없던 세 남자와의 치사했던 삶으로부터 그렇게 영영 멀어져 버린 것일까?

- 이경순, 「늙은 엄마의 신념은 어디서 오는가?」,
유튜브 『6분 소설』

이 소설의 화자는 주인공인 엄마의 변화를 지켜보는 아들입니다. 서술된 내용에서 냉소적인 아들의 성향을 어느 정도 알 것 같지만 ― 엄마를 지칭하는 표현, 형에 대한 속마음 등 여러 부분에서 묻어난다 ― 그럼에도 엄마와 사건을 바라보는 시각이 객관적일 수만은 없습니다. 철저히 아들인 '나'의 주관적 입장에서 엄마의 이야기를 합니다.

일단 내용을 더듬어가듯 섬세하게 이해해 보세요. 복잡한 문장이 있긴 하지만 찬찬히 읽다 보면 식탁에 앉아 있는 엄마 아빠와 형제의 모습이 사건의 전개에 따라 동영상처럼 그려집니다.

그런 다음 화자인 '나'의 성격을 유추합니다. 아들인 '나'의 입장에서 건조하고 담담하게, 때로는 불안하고 긴장감 넘치게, 또 연민과 자기반성의 느낌을 담아 엄마의 이야기를 하듯 낭독해 보세요.

엄마의 성격과 변화를 담아낸 연기와 두 아들과 아버지의 성격을 상징할 수 있는 연기도 고민합니다. 혼자 모든 역할을 소화해야 하는 1인 낭독의 경우, 내용과 어투 등에서 엿보이는 성격의 특징을 목소리를 낮거나 높게, 두껍거나 가늘게, 약간 빠른 듯하거나 느리게 혹은 시원시원하게 크게 뱉거나 속으로 삼키듯 작게 등으로 설정해 연기하는 것도 도움이 됩니다.

특히 아이들의 눈높이에 맞춰 낭독하는 동화는 등장 캐릭터의 특징을 좀 더 섬세하고 과하게 잡아야 합니다. 기쁠 때는 기쁘게, 슬플 때는 슬프게, 낭독자인 나부터 해당 어휘에 담긴 감성을 솔직하게, 아니 조금 더 크게 느끼고 표정과 제스처와 함께 표현해야, 집중력이 짧은 청자인 어린아이에게까지 이야기의 감정이 전해집니다.

이 소설에서는 어떻게 할지 결정하고 생각한 대로 끝까지 캐릭터의 특징을 놓치지 않고 대사를 하도록 노력해 보세요. 초보 낭독자의 경우 한 대사 안에서도 소리와 대사의 감정이 오락가락하는 경우가 많습니다. 엄마의 말에서 해설이나 아들의 느낌이 묻어나는 것처럼 말이죠.

생각보다 어렵다고요? 내레이션과 연기 둘 다 만족시키기 어렵다면 일단은 매끄럽게 내용을 전달하는 것이 우선! 혼자 다 소화해야 하기에 특히 더 여유를 가져야 합니다. 내레이션과 연기, 연기와 연기 사이에 '사이'를 잘 활용해 보세요. 처음부터 쉽진 않을 겁니다. 자연스럽게 들릴 때까지 여러 번 반복해 읽어보세요. 어설프게 들리더라도 당신이 창조해내는 모든 낭독의 과정을 즐겨보세요.

이번에는 김유정의 소설 「만무방」의 도입 부분을 읽어보겠습니다. 가을날의 아름다운 정경과 송이 파적(破寂, 심심함을 잊고 시간을 보내기 위하여 어떤 일을 함, 또는 그런 일)을 나온 주인공의 움직임과 마음을 경쾌하고 서정적으로 그려, 읽을수록 맛깔나는 글입니다.

산골에, 가을은 무르녹았다.

아름드리 노송은 빽빽히 늘어박혔다. 무거운 송낙을 머리에 쓰고 건들건들. 새새이 끼인 도토리, 벚, 돌배, 갈잎들은 울긋불긋. 잔디를 적시며 맑은 샘이 쫄쫄거린다. 산토끼 두 놈은 한가로이 마주 앉아 그 물을 할짝거리고. 이따금 정신이 나는 듯 가랑잎은 부수수 하고 떨린다. 산산한 산들바람. 귀여운 들국화는 그 품에 새뜩새뜩 넘논다. 흙내와 함께 향긋한 땅김이 코를 찌른다. 요놈은 싸리버섯, 요놈은 잎 썩은 내, 또 요놈은 송이 ─ 아니, 아니, 가시넝쿨 속에 숨은 박하풀 냄새로군.

응칠이는 뒷짐을 딱 지고 어정어정 노닌다. 유유히 다리를 옮겨 놓으며 이나무 저나무 사이로 호아든다. 코는 공중에서 벌렸다 오므렸다 연신 이러며 훅, 훅. 구붓한 한 송목 밑에 이르자 그는 발을 멈춘다. 이번에는 지면에 코를 얕이 갖다 대고 한 바퀴 비잉, 나물 끼고 돌았다.

'아하, 요놈이로군!' 썩은 솔잎에 덮이어 흙이 봉곳이 돋아 올랐다.

그는 손가락을 꾸짖으며 정성스레 살살 헤쳐 본다. 과연 귀여운 송이. 망할 녀석, 조금만 더 나오지, 그걸 뚝 따들고 뒷짐을 지고 다시 어실렁어실렁. 가끔 선하품은 터진다. 그럴적마다 두 팔을 떡 벌리곤 먼 하늘을 바라보고 늘어지게도 기지개를 늘인다.

때는 한창 바쁠 추수 때이다. 농군치고 송이파적 나올 놈은 생겨나도 않았으리라. 하나 그는 꼭 해야만 할 일이 없었다. 싶으면 하고 말면 말고 그저 그뿐. 그러함에는 먹을 것이 더러 있느냐면 있기는커녕 부쳐 먹을 농토조차 없는, 계집도 없고 자식도 없고. 방은 있대야 남의 곁방이요 잠은 새우잠이요. 하지만 오늘 아침만 해도 한 친구가 찾아와서 벼를 털 텐데 일 좀 와 해 달라는 걸 마다하였다. 몇 푼 바람에 그까짓 걸 누가 하느냐보다는 송이가 좋았다. 왜냐면 이 땅 삼천리 강산에 늘여 놓인 곡식이 말짱 뉘 것이람. 먼저 먹는 놈이 임자 아니냐. 먹다 걸릴 만치 그토록 양식을 쌓아 두고 일이 다 무슨 난장맞을 일이람. 걸리지 않도록 먹을 궁리나 할 게지.

- 김유정, 「만무방(萬無方)」

문장은 짧고 간결하지만 낯선 표현과 어투, 많은 묘사가 있어 낭독하기 쉽지만은 않은 글입니다. 일단 소리 내 읽으며 화자가 어디에 위치하는지부터 알아보세요. 이야기 밖에 있는 것은 확실해 보이죠? 단순히 관찰자 시선으로만 이야기하는지 아니면 주인공 응칠의 마음까지도 들여다보는지 파악해보고 이야기와 응칠과의 거리를 조절합니다.

특히 이 소설은 조금 천천히 여유 있게 읽어 나가야 지금은 사용하지 않는 낯설지만 재밌는 표현과 어투를 제대로 느끼며 말할 수 있습니다. 혹여 뜻을 모르더라도 문장의 흐름 속에서 유추하며 읽어 나가는 것도 하나의 방법입니다.

뻑뻑히, 건들건들, 새새이, 울긋불긋, 쫄쫄, 할짝, 부수수…… 상태와 행동에 관한 묘사도 많습니다. 충분히 느끼면서 정확한 발음으로 소리 내 읽으면 일부러 강조하지 않아도 어느 정도 자연스럽게 꾸미는 말들이 부각돼 문장의 뜻과 맛을 제대로 표현해낼 수 있습니다.

'아하, 요놈이로군!' 외에도 응칠의 혼잣말이나 속마음일 것 같은 문장들도 있죠? '요놈은 싸리버섯, 요놈은 잎 썩은 내, 또 요놈은 송이 — 아니, 아니, 가시넝쿨 속에 숨은 박하풀 냄새로군.' '망할 녀석, 조금만 더 나오지.' 주인공 응칠의 마음이 되어 혼잣말로도 해보기 바랍니다.

정답은 없지만 극 옆에서 이야기를 해설하는 '변사'를 상상하며 낭독해 보는 건 어떨까요? 무대를 보며 무대의 모습과 주인공의 행동과 상황을 느긋하게 설명해 보는 겁니다.

시 읽기

어휘 감성 느끼기, 정서 머물기, 사이 두기, 어미 처리 연습

시만큼 사람의 마음을 빠르고 완벽하게 움직일 수 있는 문학작품이 있을까요? 시의 힘은 강하고 시의 감성은 소리 내 읽었을 때 더 확장됩니다.

시는 정서의 공감을 통해 설득하는 대표적 장르입니다. '객관적 진실'의 전달인 뉴스와는 양극단에 있다고 할 수 있죠. 그만큼 함축적이고 은유적인 표현을 많이 사용하니 하나하나의 시어에 충분히 머물며 느껴야 합니다. 그렇다고 단어마다 일일이 '사이'를 두지 않습니다. 간혹 단어 사이마다 쉬며 일정한 운율을 타는 낭독을 하는 사람들이 있는데, 시 역시 이야기이고 말입니다. 화자이자 낭독자인 당신의 생각과 감정은 자연스럽게 머물거나 흘러야 합니다.

의미와 느껴지는 감정 묶음대로 이어 이야기하되 당신에게 와 닿아 머무르고 싶은 부분에서는 한 행 안에서든 행과 행 사이에서

든 어디든 충분히 쉬어 갑니다. 시를 여백의 미가 돋보이는 동양화에 비유하는 이유는 시의 정서가 만들어내는 사이마저도 이야기가 되기 때문입니다. 시어와 시어가 일으키는 정서가 낭독자에게 사이를 만들게 하고, 그것들이 어우러져 하나의 작품으로 완성되는 것이죠.

어미도 부드럽게, 가끔은 다르게 발화합니다. 우리의 말이 그렇듯 적절한 변화가 당신의 생각과 정서가 흐르고 있다는 것을 말해주죠. 뉴스처럼 단정적으로 강하게 처리하지 않습니다. 정서 장르니까요. 그런 다음 당신에게든 혹은 당신의 의자에 앉아 있는 누구에게든 물 흐르듯 자연스럽게 변화하며 천천히 이야기해 주면 됩니다. (물론 예외는 있습니다. 강하게 휘몰아치며 격정적으로 설득하는 시는 다를 수 있죠.)

호수 1

- 정지용

얼굴 하나야
손바닥 둘로
폭 가리지만,

보고 싶은 마음

호수만 하니

눈 감을밖에.

　시인 정지용의 시입니다. 이 시에서는 어디에서 멈추고 싶은
가요?

　지금의 저라면 말의 감정을 충분히 느끼고 추스른 후 다음을 받
아들여야 하니 연과 연 사이는 조금 길게 머무를 것 같고 각 연에서
는 한 번만, 서로 다른 행에서 머물 것 같습니다. 적절한 변화가 있어
야 자연스럽고 청자에게 지루하지 않게 전달됩니다. 같은 말의 반
복으로 행이나 연 맺음을 하는 시들의 경우에는 특히 사이나 어미
를 가끔은 다르게 처리해야 이야기가 더 잘 전해집니다. 연 사이에
서만, 혹은 연 사이와 하나의 연 안에서만, 연 사이는 머물지 않고 마
지막 행 앞에서만 머무는 등 또 달라질 수도 있겠죠.

　세상이 온통 그 사람뿐인, 호수에 비유할 만큼 보고 싶은 마음을
사이와 어미의 변화에 담아 표현해보기 바랍니다.

自画像

- 윤동주

산모퉁이를 돌아 논가 외딴우물을 홀로 찾아가선 가만히 드려
다 봅니다.

우물속에는 달이 밝고 구름이 흐르고 하늘이 펼치고 파아란 바람이 불고 가을이 있습니다.

그리고 한 사나이가 있습니다.
어쩐지 그사나이가 미워저 돌아갑니다.
돌아가다 생각하니 그사나이가 가엽서집니다. 도로가 드려다보니 사나이는 그대로 있습니다.
다시 그사나이가 미워저 돌아갑니디.
돌아가다 생각하니 그사나이가 그리워집니다.

우물속에는 달이 밝고 구름이 흐르고 하늘이 펼치고 파아란 바람이 불고 가을이 있고 追憶처럼 사나이가 있습니다.

윤동주 시인의 「자화상」입니다. 이 시에서는 어떤 마음이 이나요? 어떤 감정들이 떠오르는지요. 일단 천천히 눈으로 읽으며 지나가거나 머무는 생각과 감정을 느껴봅니다.
무언가 일렁이는데 선명하게 느껴지지 않는다면 마음에 박히는 시어들을 표시해 봅니다. 모퉁이를 돌아, 외딴, 우물, 홀로, 가만히 들여다봅니다, 속, 달, 구름 등등 읽어나갈수록 많이 보이는군요. 이 단어들 속에 감정이 숨어 있습니다. 그렇다고 신파 낭독을 하듯 부자연스럽게 일일이 늘이거나 강조하지는 않습니다. 그냥 느끼는 대로 자연스럽게 천천히 일상의 말을 하듯 읽으면 됩니다.

시 역시 작가가 가장 힘을 주는 부분은 마지막 연과 행일 겁니다. 마지막 연 앞에서, 그리고 경우에 따라 마지막 행의 어느 한 부분에서 특징적으로 사이를 갖는 것은 어떨까요? 어디에서 머무르고 싶은지 생각해 보세요. 화자의 시선을 따라 움직이고 느끼며 말하면 됩니다. 특히 이 시에서는 화자의 동선이 드러나 있습니다. 당신도 동선을 그대로 정직하게 따라가세요. 그러면 감정도 따라오고 쉼도 생깁니다.

나라 잃은 스물셋 청년 시인 동주가 되어 여리고 나약한 마음을 검열하듯, 속죄하듯, 그리워하듯 독백해 보세요.

나에게 쓰는 편지 읽기

다양한 장르의 남의 글을 내 글인 양, 화자인 양 낭독했으니 이번엔 진짜 나의 이야기를 해보면 어떨까요?

몇 년 후, 혹은 과거의 나에게 보내는 편지도 좋습니다. 전투하듯 치열하게 살아가고 있는 현재의 나 자신에게 혹은 어떠한 문제로 힘들어하는 나에게도 좋습니다. 나에게 주는 편지를 읽으며 나름 잘 살아내고 있는 당신을 안아주고 위로해 보세요.

'~하는 나에게' 하고 이야기하듯 편지를 써봅니다. 그리고 오로지 나를 위해, 나에게 이야기합니다. 미소 지을 수도 있고 때론 눈물이 흘러내릴 수도 있겠죠. 마음을 열어 솔직하고 겸허하게 누구도 대신할 수 없는 당신의 이야기를 당신에게 들려줍니다.

시작해볼까요?

초보자를 위한 낭독 십계명

물 흐르듯 자연스럽게 리듬이 살아 있는 낭독을 하고 싶은데 맘 같지 않습니다. 그런 초보자를 위한 낭독 십계명을 소개합니다.

1. 낭독 전 'STOP'을 외치고 마음을 정돈하라

일상의 잡다한 생각들을 품은 채 책 속의 이야기에 집중할 수는 없습니다. 낭독에 들어가기 전 당신이 앉아 있을 공간을 마련하고 호흡을 정리하세요. 마음이 급하다면 잠시라도 누그러뜨립니다. 그리고 '조금 전까지 나를 휘감았던 갖은 생각과 감정을 멈추겠다'는 다짐을 담아 마음속으로 'STOP'이라고 말합니다. 'STOP'이라는 말은 일상의 생각과 감정을 멈추고 오롯이 책의 이야기에 몰입하겠다는 낭독자의 의지와 자세를 담은 마음입니다.

2. 눈으로 읽으며 내용을 스케치하라

준비됐다면, 소리 내 표현하기 전에 먼저 묵독을 하며 전반적인 내용의 흐름을 훑습니다. 동시에 발음하기 어려운 단어들과 붙여 발화해야 하는데 띄어 읽을 것 같은 부분, 혹은 반대의 부분 등만 표시해둡니다. 전체를 묵독하기 어렵다면 처음 몇 쪽이라도 합니다. 초보자에게 묵독은 일종의 예습입니다. 처음부터 부드럽게 내용에 동화되고 싶다면 불필요한 시행착오는 줄이는 게 좋습니다.

3. 4W-1H를 세팅하라

누가, 무엇을, 누구에게, 왜 전하려 하는지 간략하게 정리합니다. 그러면 '어떻게' 낭독할 것인지, 전체적으로 추구해야 하는 분위기가 대략이라도 그려집니다. 이것이 잘 되든 되지 않든 낭독 들어가기 전 '4W'를 생각하는 것은 이야기의 목적과 윤곽을 잡아주기에 낭독자인 내가 보다 빨리 중심을 잡고 이야기에 동화될 수 있도록 해줍니다. 그런 다음 이야기를 들을 필요와 가치가 있는 여러 청자 그룹 중 구체적인 한 명을 상상해서 당신 앞에 앉혀 놓고 그에게 들려주듯 읽으면 됩니다.

4. 첫 감정을 계산하라

묵독할 때, '어떤 느낌으로 읽기 시작할 것인지' 첫 감정을 생각하며 합니다. 화자가 이야기를 담담하게 시작하는지, 격하고 급한 마음으로 시작하는지 등을 예독으로 알아내고 그 분위기에 맞춰 낭독하기 시작합니다. 대부분 도입부는 전개를 위한 스케치 부분이기 때문에 담담하게 시작됩니다. 굳이 시작할 때의 감정을 계산하지 않더라도 읽다 보면 '아, 처음은 이렇게 해야 했구나' 자연스레 감을 잡게 되지만, 착오를 줄이고 청자의 바른 이해를 돕기 위해서 첫 감정을 계산하고 그에 맞게 낭독을 시작하는 것이 중요합니다.

5. 목소리에 얽매이지 말고 시원하게 뱉어라

불필요한 데 에너지를 낭비하지 않는 것 역시 중요합니다. 자세만 바로 하고 내가 가진 편안한 소리로 읽습니다. 궁둥뼈가 안정적으로 상체를 지탱할 수 있도록 앉습니다. 척추는 너무 움푹 들어가지도 나오지도 않아 원래의 자연스러운 만곡을 유지하며 위로 아래로 길게 이어져 있게 하세요. 어깨와 목은 부드럽고 넓고 길게 펼쳐져 있습니다. 목을 위 혹은 아래로 꺾지 않습니다. 단지 부드럽게 위로 길게 한다고 생각합니다.

이렇게 앉았다면 아랫배에 가득 찬 공기를 조금씩 기분 좋게 위로 뱉으며 소리 내 읽기 시작합니다. 읽다 보면 소리는 점점 더 고르고 매끄러워지니 예쁘고 멋지게, 혹은 낮거나 높게 내려는 등의 불필요한 생각은 버리세요. 평소 '편안하게 얘기하는' 것처럼 그냥 툭 뱉습니다.

6. 최소한으로 쉬고 술어는 붙여라

말은 낱개의 단어가 아닌 그것들이 모여 묶인 의미 뭉치로 이해

됩니다. 낭독 역시 마찬가지입니다. 그러니 잦게 끊지 않고 가급적 큰 의미 묶음대로 묶어 쉬는 지점을 최소화합니다. 호흡이 부족한 경우만 한두 번 더 쉬어 갑니다. 서술어 역시 꾸며 주는 말과 함께 붙여 발화하는 것이 자연스럽습니다. 서술어의 역할을 하는 본용언과 보조용언도 붙여 읽습니다. '그의 식사가 끝나지 않았는데도 그녀는 접시를 모두 치워 버렸다.' 이 문장에서 본다면 본용언인 '끝나지'와 보조용언인 '않았는데도' 사이를 떼지 말고 붙여 '끝나지 않았는데도'를 한 호흡으로 발화하라는 말입니다. '치워 버렸다'도 마찬가지로, 독립적인 의미 없는 보조용언 앞에서 쉬지 않습니다.

7. 꾸미는 품사를 강조하라

꾸밈을 받는 품사만 강조하지 말고 꾸며 주는 품사인 관형사, 형용사, 부사와 함께 강조합니다. 그래야 본 말의 뜻을 정확하게 전할 수 있을뿐더러 자연스러운 리듬이 살아납니다.

'나는 아름답게 피어 있는 그 꽃을 보며 돌아가신 엄마를 생각했다.' 이 문장에서 꾸밈을 받는 '꽃'과 '엄마'만 강조하면 말의 뜻이 왜곡됩니다. '꽃'을 강조하기 위해선 꾸미는 말인 '아름답게 피어 있는 그'까지 강조해 '아름답게 피어 있는 그 꽃'이 통으로 강조돼야 정확하고 자연스럽습니다. '돌아가신 엄마' 역시 마찬가지입니다.

8. 같은 듯 다르게! 조사와 어미를 다양하게 발화하라

초보 낭독자의 경우 사이를 두게 되는 지점의 모든 조사와 어미를 똑같이 일정하게 발화하는 경향이 있습니다. 이럴 때 의도적으로라도 가끔은 다른 처리를 해야 말이 자연스럽게 들립니다. '이럴 때 의도적으로라도V 가끔은 다른 처리를 해야/ 말이 자연스럽게 들립니다.' 이 문장에서 보면 '도', '야'와 종결어미인 '다'를 모두 올리거나 내리거나 늘이는 등 기계처럼 똑같이 발화하지 말고 그중 하나라도 살짝만 다르게 발화하라는 겁니다. 이해가 잘 안 된다면, 필요한 만큼 얼마나 자연스럽고 다양하게 그것들을 발화하며 사는지 얼른 일상의 말을 떠올려보세요.

9. 사이와 속도를 활용하라

낭독자와 청자 모두에게 '사이'는 말하거나 듣고 있는 부분의 생각과 감정을 정리하고 다음을 준비하는 시간입니다. 따라서 효과적으로 사용해야 바른 이해를 돕습니다. 익숙해지면 호흡을 살짝 달리하는 것만으로도 변화를 설명할 수 있습니다. 그렇지 못한 초보 낭독자는 의도적으로라도 잠깐 쉬어야 합니다.

제목과 본문 사이, 단락이 바뀔 때, 내레이션 다음 대사가 오는 경우와 반대의 경우, 대사와 대사 사이도 오버랩으로 바로 받아쳐야 하는 경우가 아니면 살짝 사이를 둡니다. 그래야 바로 이어 다른 감정이나 역할을 해야 할 때 낭독자가 준비할 수 있을뿐더러 청자도 알아듣기 쉽습니다.

속도의 '느낌'에도 변화를 주는 게 중요합니다. 특히 동화나 소설처럼 갑자기 이야기가 급박하게 변화하는 순간 보통의 빠르기로 말하다 긴급하고 빠른 듯 속도의 느낌만 살짝 변화시켜 발화해도 집중의 효과가 있어 말맛이 한결 더 좋아집니다. 이때 호흡과 음색의 변화도 함께 동반돼야 하지만 낭독 초보자라면 '내용에 따라 느낌만 살짝 다른 듯 말해보자!'는 마음가짐으로 충분합니다. 중요한 것은 '느낌'에 변화를 주는 것, 그리고 텍스트에 맞게 활용해야 한다는 것입니다.

10. 꾸준히 발음 연습을 하라

의미 전달에 있어 발음은 기본 중의 기본! 평소의 발음이 정확해야 낭독할 때도 별다른 에너지를 쓰지 않고 제대로 발화할 수 있습니다. 발음을 정확하게 하려고 신경 쓰다 보면 초등학생이 글자만 또박또박 읽는 것처럼 들리고, 흐름에 맞춰 자연스럽게 낭독하다 보면 발음이 무너집니다. 그래서 발음은 평소 꾸준히 연습해야 합니다. 자음과 모음의 발음, 그리고 정확하게 되지 않는 발음들을 따로 모아 시간과 정성을 들여 연습하세요. 외국인에게 한국어 발음 가르치듯 말입니다.

초보 낭독자를 위한 단계별 추천 도서

초보 낭독자는 어떤 장르와 작품부터 낭독하면 좋을까요? 정답이 있을 리 없겠죠. 일단 어떤 책이든 당신의 마음에 들어오는 책이라면 어느 장르이건 다 좋습니다. 낭독자의 마음을 움직인다는 건 화자의 마음에 동화됐다는 말이니까요. 마음이 가는 글이 있다면 내키는 대로 소리 내 읽기 시작하면 됩니다. 읽다 보면 조금 더 잘 표현하고 싶은 갈증이 일 겁니다. 그때 다양한 낭독의 조건 등을 대입해 연습하면 됩니다. 여러 과정을 경험하며 시행착오를 겪다 보면 내 몸에 편안하게 잘 맞는 옷처럼 어떤 글을 만나도 작품의 분위기에 맞춰 낭독하게 됩니다.

그럼에도 어떤 책으로 시작해야 할지 잘 모르겠다고요? 그렇다면 수필(에세이), 소설, 시 순으로 연습해 보세요. 제가 낭독 수업에서 소개하고 많이 추천한 책들을 몇 권 소개합니다.

낭독 1단계

① 문장이 짧고 간결하며 화자인 '나'가 드러나 있는 수필부터 읽어봅니다. 처음엔 묘사가 많지 않은 걸 선택하세요. '~습니다'의 경어체 수필부터 경험하는 것을 권합니다. 경어체의 수필을 다 읽은 후 평어로 종결어미를 바꿔 읽어도 좋습니다. 거꾸로도 좋습니다. 말하는 법, 부드럽게 화자에 동화되는 법을 배웁니다.

추천하는 책

- 신영복, 『감옥으로부터의 사색』
- 웨인 다이어, 『인생의 태도』
- 피천득, 『인연』
- 공지영, 『딸에게 주는 레시피』
- 김미경, 『이 한마디가 나를 살렸다』
- 법정, 『아름다운 마무리』

② 낭독 1단계에서 수필 외에 이성적 읽기를 경험할 수 있는 신문기사나 사설 등의 보도문을 읽는 것도 좋습니다. 기사는 사실만을 이야기하고 사설, 논평 등은 지성적인 사색이나 그를 통한 설득이 가미되죠. 여러 장르의 다양한 책을 경험하며 낭독자인 우리가 배우는 것은 결국 '텍스트와의 거리감 조절'입니다. 기사 낭독에서 감정을 배제한 객관적, 논리적, 이성적 읽기를, 여기에 더해 생각과

감정을 무게감 있게 소리에 얹어 표출하는 법을 사설이나 논평에서 배웁니다.

재미가 생기면 사회, 예술, 철학 등 조금 무거운 주제에 관한 책들도 읽어봅니다. 요즘은 화자를 겉으로 드러내며 쉽게 읽히게 하는 경우도 많습니다. 어찌 됐건 읽다 보면 조금 부드럽거나 건조하게 등 낭독의 수위를 조절할 수 있게 됩니다.

추천하는 책
- 이선미, 『마케터의 글쓰기』
- 정연복, 『예술속의 삶, 삶속의 예술』
- 마크 고울스톤, 『뱀의 뇌에게 말을 걸지 마라』
- 폴 오스터, 『낯선 사람에게 말 걸기』
- 이 외에 기사문, 사설, 평론

낭독 2단계

① 1인칭 주인공이나 관찰자 시점의 간결한 문장으로 이루어진 소설부터 읽습니다. 화자인 '나'에 쉽게 동화되니 읽다 보면 주관적 시선을 말에 실어 표현할 수 있게 됩니다.

추천하는 책
- 알퐁스 도데, 『별』

- 무라카미 하루키, 『빵가게를 습격하다』
- 오가와 요코, 『박사가 사랑한 수식』
- 루이제 린저, 『생의 한가운데』

② 3인칭의 시점의 소설을 읽어봅니다. 특히 전지적 작가 시점은 등장인물과 거리를 두고 아주 객관적 시선에서 사건을 묘사하기도 하고 아예 등장인물이 되어 생각하고 느끼기도 합니다. 그리고 등장인물이 생각하고 느끼는 것을 전지적인 삼자 시선에서 이야기하기도 하죠. 시선들이 다양하게 존재해 복잡하게 느껴질 수 있지만 거리감을 조절해 표현해낼 수 있다면 소리 내 읽는 맛은 그만큼 커집니다.

추천하는 책
- 주영하, 『콩가루 수사단』
- 조규미, 『가면생활자』
- 한승원, 『추사』
- 최문희, 『난설헌』

③ ①, ②를 할 때 가능하다면 등장인물이 적은 소설부터 시작합니다. 대사를 할 때 처음에는 '읽지 않고 말하기'를 목표로, 다음에는 '느낌을 부여해' 말합니다. '마지못해', '매몰차게' 등 해당 대사 앞뒤

해설을 보면 어떻게 연기해야 하는지 다 나와 있으니 그 지문대로 느낌을 살려 연기합니다. 이것도 된다면 감정의 크기를 조절해 봅니다. 1~10까지 감정의 크기가 있다면, 10의 감정과 소리의 크기로 또 7~8의 크기 등으로도 줄여보며 무엇이 더 좋을지 선택합니다.

지문대로 말하는 것이 편해지면 이미 설명한 대로 등장인물에 캐릭터도 부여해 봅니다. 등장인물이 많은 소설은 소수의 주요 인물에만 캐릭터를 부여하고 나머지는 '지문대로 자연스럽게 말하는 것'에 집중합니다.

추천하는 책
- 김유정, 『동백꽃』
- 루리, 『긴긴 밤』
- 이경란, 『오로라 상회의 집사들』
- 요나스 요나손, 『창문 넘어 도망친 100세 노인』

낭독 3단계
① 시 역시 경어체에서 평어체 순으로 연습합니다. 경어체는 말하는 듯한, 평어는 보다 내면으로 향해 독백하는 듯한 느낌이 들죠. 어떤 문체이든 시는 머무름의 장르입니다. 한 행을 한 호흡에 말할 수도 있고 도중 어디에서 한참을 쉬어야만 할 수도 있습니다. 행과 행, 연과 연 사이도 마찬가지죠. 필요하다고 느낄 때 충분히 머무는

연습을 합니다. 그래야 ②의 변화도 생길 수 있습니다.

추천하는 시

- 이외수, 「지렁이」

- 도종환, 「다시 오는 봄」

- 윤동주, 「바람이 불어」

- 강현덕, 「기도실」

- 함민복, 「봄꽃」

- 나태주, 「풀꽃3」

② 같은 표현이나 구조가 반복되는 시를 연습합니다. 이런 시의 낭독이 좀 더 어렵습니다. 반복되는 시어를 모두 똑같이 낭독하지 않고 한두 번은 호흡, 사이, 속도, 어미 발화 등에 조금 변화를 줘 다른 느낌으로 읽습니다. 구조가 반복되는 경우도 같습니다. 이런 것들이 운율을 형성하지만 시종일관 같은 운율을 반복하기보다는 가끔 다른 느낌으로 변화를 주는 것이 좋습니다.

추천하는 시

- 김소월, 「예전엔 미처 몰랐어요」, 「진달래꽃」

- 윤동주, 「별 헤는 밤」

- 김현승, 「가을의 기도」

- 류시화, 「눈 위에 쓰는 겨울 시」
- 나태주, 「행복」

③ 장르 막론하고 비유 등 묘사가 적은 글에서 흐름을 편안하게 따라가는 법을 먼저 익힌 후, 많은 글을 읽어보세요. 묘사가 많은 글을 읽을 때는 글자만 읽지 말고 글의 뜻과 정서를 느끼는 연습을 합니다. 사소한 표현 하나에 담긴 의미를 들여다보고 생각하고 느끼며 시각적인 이미지를 떠올려 봅니다.

추천하는 책과 시
- 나도향, 『그믐달』
- 김승옥, 『무진기행』
- 트루먼 카포티, 『풀잎 하프』
- 김동명, 「내 마음은」
- 김광균, 「외인촌」
- 유치환, 「깃발」
- 김남조, 「설일」